Literatur heute

ÜBER DAS BUCH:

Die Nacht steht um mein Haus, Deschners Erstlingswerk, das hier in dritter überarbeiteter Neuauflage vorgelegt wird, erschien erstmalig 1956. Helmut Uhlig schrieb damals in den ›Bücherkommentaren‹:
»Dieses dünne, schmale Bändchen wiegt Stöße literarischer Dutzendware auf. Es gehört mit seinen 156 Seiten zu den wenigen Büchern deutscher Sprache, die in dieser Zeit geschrieben werden mußten. Es ist ein Buch der Enthüllung, ein Buch gegen die Lauen und Satten, gegen die Bequemen und Denkfaulen, gegen die Lügner und Selbstbetrüger. Es hält dem Menschen dieser Tage den Spiegel vors Gesicht, das heißt, es ist selber Spiegel und Spiegelung zugleich. [...]
Deschners Aufzeichnungen liegen jenseits des Selbstmords, so, wie Gottfried Benns spätere Gedichte jenseits des Nihilismus liegen. Das heißt, es wird hier in einer Sphäre gedichtet, geschrieben, in der das Schreiben Selbstbefreiung und auch Selbstbestätigung geworden ist, Aussage des Verschwiegenen oder des allgemein Verneinten. Damit ist indirekt gesagt, daß Deschner nicht nur ein notwendiger, sondern auch ein begabter Autor ist. Er ist ein Dichter [...]
Wie spricht sich Deschner aus? Schonungslos, offen, rücksichtslos, bitter, besorgt, verzweifelt. Was spricht er aus? Das von allen Gefühlte: die Einsamkeit, die Enttäuschung, das Unerfüllte, das Tierische, das Gemeine, den Hintergrund und den Untergrund, das Unmenschliche, das trotzdem unabwendbar zum Menschen gehört, heute mehr denn je. Dieses Buch wird schockieren. Und das ist gut so. Es wird verletzen. Und das ist notwendig. Genau besehen, ist es nichts anderes als die Krankengeschichte unserer Zeit.«

DER AUTOR:

Karlheinz Deschner, 1924 in Bamberg geboren, promovierte 1951 in Würzburg und lebt seitdem als freiberuflicher Schriftsteller in Franken. Er veröffentlichte literatur- und kirchenkritische Werke wie *Talente, Dichter, Dilettanten, Abermals krähte der Hahn, Das Kreuz mit der Kirche, Kirche des Un-Heils* u. a. Der Neuauflage seines Romans *Die Nacht steht um mein Haus* wird im Mai 1981 die seines anderen frühen Romans, *Florenz ohne Sonne,* folgen, ebenfalls im Ullstein Taschenbuch.

Karlheinz Deschner

Die Nacht steht um mein Haus

Roman

Literatur heute
Ullstein Buch Nr. 26037
im Verlag Ullstein GmbH,
Frankfurt/M – Berlin – Wien

Dritte überarbeitete Neuausgabe

Umschlagentwurf: Zembsch'
Werkstatt, München
Alle Rechte vorbehalten
Taschenbuchausgabe mit Genehmigung
des Autors
Copyright der ersten Ausgabe:
© 1956 by Paul List Verlag, München
Printed in Germany 1981
Gesamtherstellung: Ebner Ulm
ISBN 3 548 26037 3

Februar 1981

CIP-Kurztitelaufnahme
der Deutschen Bibliothek

Deschner, Karlheinz:
Die Nacht steht um mein Haus: Roman/
Karlheinz Deschner. – 3., überarb.
Neuausg. – Frankfurt (M); Berlin; Wien:
Ullstein, 1981.
   (Ullstein-Buch; Nr. 26037:
   Literatur heute)
   ISBN 3-548-26037-3
NE: GT

Mit geschlossenen Augen und Ohren muß man leben – dann lebt man leicht und lang! Und diejenigen haben recht, denen der Stachel des Denkens nicht im Gemüt sitzt, die kurzsichtig sind und stumpf von Sinnen, die wie im Nebel dahinschreiten und die Illusion nicht verlieren.

I. A. Gontscharow, Die Schlucht

Schau hin, wessen der Mensch, die Menschheit, sich n i c h t schämt. Siehe, welche Gedanken sie nicht zu verbergen braucht! Hände, die im Kriege und vom Tierblut rot sind, entehren ihn nicht, der sie trägt. Wohl kann es ein frommes Auge verletzen, einen entblößten Schenkel zu sehen; aber der Anblick eines aufgeschnittenen Huhnes bewegt die Tiefen der Sittlichkeit nicht. Die Lust wird verfolgt und ausgetrieben, die Grausamkeit darf öffentliche Brandhaufen errichten.

Hans Henny Jahnn, Fluß ohne Ufer

DEM ANDENKEN MEINER MUTTER
gestorben am 20. August 1955

Ich stand hinter dem Pult und sprach, und immer wieder fing sich mein Blick an ihm. So oft ich zu ihm sah, traf ich mitten in seine Augen. Dabei war sein Gesicht weiß und stumm wie ein Grabstein. Als ich fertig war und hinausging, folgte er mir fast auf dem Fuß. Er hatte nicht applaudiert. Er grüßte mich nicht. Er sah mich nur an, still, bleich, hochmütig. Ich half ihm sogar in den Mantel. Er half mir nicht. Dann fuhren wir ins Hotel; ein Studienrat, ein Richter, der Psychiater und ich.

Zuerst sprach er nichts; eine ganze Weile sprach er nichts. Er saß bloß da, sah von einem zum andern. Endlich sagte er, ja, meine Herren, wir sitzen hier zusammen, wir sprechen über Ihren Vortrag, über Dichtung, Kunst, die dort drüben karten ihren Skat, wir verbringen da alle einen Abend, wir gehn alle wieder heim, Sie wieder in die Schule, Sie wieder ins Gericht, Sie halten weiter Vorträge, ich kuriere wieder meine Patientlein, und die da drüben marschieren auch alle ab – und nun erzählte er, was die Skatbrüder machen würden, er war ein richtiges Breimaul, doch plötzlich sagte er: UND FORMOSA??! Er starrte uns der Reihe nach an. Er hatte seinen Trumpf ausgespielt. Warum tun wir nichts, eiferte er, warum unternehmen wir nichts, es geht um unsern Kopf, es kann morgen losgehn. Und jetzt entwickelte er seine Theorie, diese saudumme Theorie mit dem Briefeschreiben. Ein paar Hunderttausend, ein paar Millionen – hundert Millionen Briefe an Eisenhower, an Malenkow. Und von da an wurde er blöde. Ich hielt ihn für einen Naiven, einen Phantasten, Sektierer. Er nannte oft Christus, quasselte vom Glauben, der Studienrat war einverstanden, der Richter opponierte, doch mit Takt. Ich wurde ironisch, stänkerte, ich machte mich wahrscheinlich unbeliebt.

Natürlich, sagte er, meine er nicht das Christentum einer Kirche, er denke nicht an Bischöfe, an beamtete Statisten und Gehaltsempfänger, nein, er meine Christus, die Nächstenliebe, die Zehn Gebote, kurz, er gab sich ethisch, reif, sehr weise, der Lehrer strahlte, der Richter schwieg, und als beide gegangen waren, sagte er, das sind ja auch Hohlköpfe, kleine Nichtsdenker.

Dann gestand er, daß er selber schreibe. So ähnlich wie Henry Miller. Deshalb sei er auch in den Vortrag gekommen. Er habe zwei Bücher von Miller gelesen, Miller interessiere ihn. Er lese sonst wenig, kenne kaum moderne Literatur, schreibe nur für sich, stark autobiographisch, egozentrisch – aus seiner Praxis Stoff in Hülle und Fülle. Er habe aber keinen Ehrgeiz, wolle nichts veröffentlichen, nichts an die große Glocke hängen. Wie macht man das? Schickt man das so mit der Hand geschrieben an den Verlag? Er spielte den Ahnungslosen; tat desinteressiert. Wie er arbeite, fragte ich, ob er leicht schreibe? Das Material sammle sich in ihm, staue sich da, er trage es mit sich herum.

Ich gehe dann schwanger, erklärte er, und machte eine wölbende Bewegung mit seinen weichen weißen Händen vor seinem Bauch. Es war lächerlich. Er wurde mystisch. Und dann fließt es, es fließt so aus mir heraus, sagte er, und schüttelte leicht die Hand, daß ich unwillkürlich auf seine Ärmelöffnung sah. Natürlich habe ich auch Flauten, fuhr er fort. Und ich lebe mich manchmal aus. Er schnaufte, deutete die Miller-Natur an, er sprach von kolossalen Launen und Gereiztheiten, von Drei-Tage-Durchvögeln, er redete einen Haufen Quatsch, lauter Dinge, die ich nicht ernst nahm. Nur sobald er auf mich kam, sobald er psychologisch, psychoanalytisch wurde, traf er mich. Seine Rache vielleicht, weil er in mir spürte, noch lebendig spürte, was er schon begraben hatte. Denn er war doch eine Niete, ein Versager. Er neidete mir meine Ambitionen. Er zerstörte. Es machte ihm Spaß zu zerstören. Vielleicht hatte er recht. Wahrscheinlich hatte er recht. Aber ein Schwein war er doch, ein gemeiner Sadist.

Wir plauderten drei Stunden, dann meinte er, Sie werden nichts, Sie bringen es zu nichts, ja, hat Ihnen das noch keiner gesagt?! Sie kommen doch mit so vielen Leuten zusammen. Ich darf Ihnen das doch sagen? Nicht daß Sie dann was Dummes tun? Oh, ich sei allerhand gewohnt, ich gab mich abgebrüht, und er fixierte mich und wiederholte, nein, Sie werden nichts. Fragmente. Genialische Fragmente vielleicht. Ich sage genialisch. GENIALISCH. Dann sagte er, Sie wissen doch, daß Sie ein Selbstmordkandidat sind?! Und nun wollte er meine Schrift sehn. Paßt ganz zum Bild, sagte er. Fürchterlich. Aber in sich doch einheitlich, sagte ich. Ja, sagte er, einheitlich fürchterlich. Und dann sagte er, Sie müssen sich lieben, Sie müssen sich LIEBEN. Sie müssen mit sich einverstanden sein, müssen auch Ihre Schwächen in Kauf nehmen, auch den Dreck – und streichelte meinen Arm, daß ich ihn für einen Schwulen hielt. Doch ich glaube, er war nur ein Sadist, ein ganz gemeiner hinterfotziger Sadist. Alle Ärzte sind Sadisten, sagte Rolf. Ich wollte es nicht glauben. Aber dieses Schwein war bestimmt Sadist. Er hat mich ausgehorcht, mich getroffen, unter der Maske der Brüderlichkeit mir einen Schlag versetzt, einen Schock. Erst hat er mich amüsiert, dann schockiert, dann wieder amüsiert, und jetzt glaub ich wirklich, das Schwein hatte recht.

Ja, ich glaube es jetzt. Ich habe geschrieben, habe zwei Seiten in einem Monat geschrieben, und geschrieben wie ein Irrer. Ich habe mich am Morgen an die Maschine gesetzt und bin in der Nacht weggegangen. Ich habe gefeilt und gefeilt und gefeilt, und es ist nichts herausgekommen. Zwei Seiten, und sie taugen nichts. Nein, sie taugen nichts. Ich will mir nichts einreden mehr. Seit zwanzig Jahren rede ich mir ein, ich könnte schreiben. Keine Ahnung, wie ich draufgekommen, wer mir diesen Vogel in den Kopf gesetzt, doch sitzt er noch immer dort, noch jetzt.

Ich habe mich vorhin im Spiegel betrachtet. Ich habe mich noch nie so im Spiegel betrachtet. Ich habe in mein Gesicht gesehn. Ich war so voll Haß, voll Wut, voll Scham, voll Enttäuschung, ENTTÄUSCHUNG. Ich hätte mich anspucken, hätte weinen, in den Spiegel schlagen können, mitten hinein die Faust in die Visage, die ich hasse, die ich liebe, die ich hasse. Ja, ich hasse sie. ICH HASSE SIE. Doch ich kann es mir nicht leisten. Der Spiegel kostet Geld, und meine Nerven kosten Geld. Und ich habe kein Geld. Ich habe keinen Beruf. Ich habe keinen Namen. Aber ich habe eine Familie, eine Frau, eine Tochter. Und ich sah in mein Gesicht, das Gesicht einer Niete, eines Versagers, Idioten. Ich war ein Hampelmann vor mir selbst. Seit zwanzig Jahren habe ich mir was vorgespielt, habe ich anderen was vorgespielt, mich berufen geglaubt, auserwählt! Und ich sah mein Gesicht, mein Gesicht – unrasiert, blaß, Falten um den Mund, Schatten unter den Augen. Die Augen wäßrig, Tränen hinter der Stirn. Die Augen glänzten. Ich war verzweifelt. VERZWEIFELT. Mein ganzes Leben stand da, starrte aus dem Schädel, der schon kahl wird. Ich habe geglaubt, schreiben zu können. Ich habe geglaubt, Dichter zu sein. Ich wollte den Ruhm zwingen. Doch ich bin ein Hysteriker, ein Scharlatan. Ich habe die Leute angeschmiert, mich selbst angeschmiert. Ich habe nicht gelogen und war doch ein erbärmlicher Lügner. Ja, ich habe Aufzeichnungen gemacht, Skizzen gemacht, Pläne, eine ganze Mappe voll. Aber es sind bloß Fragmente, Fetzen; Stimmungsfetzen, Gesprächsfetzen, lauter Fetzen, Fetzen von Gedanken, von Ideen, Figuren, gar nicht schlecht, doch Fetzen bloß, Fetzen!

Der Psychiater, dieser Idiot, was ist das für ein Mensch? Ich dachte an ihn, als ich in den Spiegel sah. Er wirkt wie ein Hypnotiseur auf mich, ein Hypnotiseur aus dem Hintergrund. Ich glaube, meine Frau haßt ihn. Er hat auch noch einen Brief von ihr. Er sollte ihre Schrift prüfen. Ein Expertenurteil. Ich war gespannt. Ich sah ihm ins Gesicht. Er las, las die ganze

Seite, sagte, sicher, der Text sei nicht wichtig, doch er las die ganze Seite und las weiter, schamlos, bis zum Schluß. Ein Verzweiflungsbrief. Und das Schwein sagte: naiv; manches gar nicht dumm. Und hatte vielleicht recht. Obgleich der Brief erschütternd war und meine Frau ein Prachtkerl ist, jawohl, ich sage das, obwohl sie sich darüber wundern würde, denn ich quäle sie oft, tyrannisiere sie, und könnte mich ankotzen dabei, ich hänge mir selbst zum Hals heraus.

Und dann, natürlich, fällt mir ein, wie ich mich um sie gerissen habe, wie ich einen Narren aus mir gemacht, einen leibhaftigen Narren, einen Hysteriker, einen in Liebe gewickelten Hysteriker, das Blaue vom Himmel ihr versprochen, ihr Briefe geschrieben, die unwiderstehlich waren, wenn auch ihre Eltern meinten und ihre Schwiegereltern meinten, und ihre Eltern meinten es vielleicht nur, weil es ihre Schwiegereltern meinten, ich habe sie bloß sexuell beherrscht. Und vielleicht hab ich sie auch sexuell beherrscht. Etwas muß man schließlich doch beherrschen, wenn man sonst schon nichts beherrscht! Zwei Seiten in einem Monat, und sie taugen nichts. Sie sind konstruiert, gesucht, gescheit, sie schmecken nach Joyce, Dos Passos, nach ichweißnichtwem. Nicht dumm, aber kein Leben, nicht echt, wahrhaftig. Ich müßte von mir schreiben, bloß von mir, meinem Ich, meinem verfluchten, worum es mir ging, ganz allein, seit ich lebe. Ich habe immer nur in mich gestarrt und müßte es herausholen jetzt, doch vielleicht ist nichts da, oder ich schäme mich, schäme mich zu zeigen wie ich bin, schaut her, das bin ich, schaut her, so lebe ich, Reiher, das Schwein, das Erzschwein, der Hurenbock, der Mörder, der Ehebrecher, die Niete, die nach Unsterblichkeit trachtet, die Null, die sich ein Denkmal bauen möchte – das Denkmal.

Er möchte sich halt ein Denkmal bauen, hat dieser Kerl gesagt. Ich dachte daran, als ich in den Spiegel sah, in dieses lächerliche weibische Gesicht, dem Weinen nah aus Scham über seine Unfähigkeit, Scham über die Hoffnungen, die es sich und andern vorgegaukelt, ich dachte daran, wie es dieser Kerl, dieser Schwinn, zu meiner Frau sagte. Er las ihr aus dem Krull dabei vor, und ich kann mir denken, wie er das gemacht hat, wie ein Schauspieler, mit Grimassen, mit Öl in der Stimme, und das Französisch, sagt meine Frau, sei ihm auf den Lippen zerflossen, und dabei kann er gar kein Französisch. Doch er wird Professor, er habilitiert sich, er hat alles geschafft, was ich nicht geschafft habe. Vielleicht bin ich neidisch, vielleicht, aber nicht auf ihn, nur auf seine Möglichkeiten. In seiner Haut möchte ich sie nicht, weißgott, und vielleicht überhaupt nicht, ich weiß nicht. Und natürlich ist er auch neidisch auf mich, meine Möglichkeiten als Schriftsteller. Ich habe es mir lange eingebildet, habe gedacht, er sieht es mir an, er ahnt, weiß, fürchtet es, er betet darum, daß ich eine Niete bleibe, versage. Und natürlich ist er immer freundlich, wenn er mich sieht, betont freundlich, ach Paul, sagt er, komm herein, und sein Gesicht zergeht in der Tür, und ich freue mich manchmal wahrhaftig, wenn ich ihn sehe.

Wir sind alle so verlogen, in Grund und Boden verlogen, wir wollen es vielleicht gar nicht anders, wir wollen mit der Lüge existieren, sind gar nicht existenzfähig sonst. Ich sehe es ja an mir. Seit fast zwanzig Jahren lebe ich mit der Lüge, seit fast zwanzig Jahren schon will ich schreiben, und im letzten Jahr wollte ich es endgültig tun. Ich wurde dreißig in diesem Jahr, und ich hatte mir den ganzen Sommer frei gehalten. Doch dann erkrankte ich, im Winter zuvor. Es war eine Krise, eine böse Zeit. Ich habe oft geglaubt, sterben zu müssen oder verrückt zu werden. Und doch frage ich mich jetzt, ob ich mir nicht alles vorgemacht, ob es nicht bloß Angst war, Angst vor dem Schreiben, was mich zusammenbrechen ließ, Furcht vor meiner Unfähigkeit, vor der Enttäuschung. Vielleicht beschloß ich darum, krank zu werden. Vielleicht wollte ich nur mein Versagen hinausschieben.

Ich sah alles in meinem Gesicht vorhin, in diesem widerlichen unfähigen weibischen Gesicht. Alles fiel mir ein, mein ganzes Leben. War ich nicht immer schon ein Neurotiker, Hysteriker, ein Scharlatan, ein Scheißkerl? Ich dachte daran, wie ich Lottes wegen auf dem Fußabstreifer lag, eine ganze Nacht auf ihrem Fußabstreifer. Wie muß ich von Sinnen, muß ich besessen gewesen sein von Eifersucht, Eitelkeit, was müssen die Leute gedacht, geredet haben, die alte Dame, die mir Decken aus dem zweiten Stock herunterschickte, die beiden jungen Schwestern, die bedauerten, kein Zimmer für mich frei zu haben – als hätte ich bei ihnen schlafen wollen! –, die Familie, die mir Essen anbot, mehrmals sogar: eigentlich waren die alle noch verrückter als ich. Und ich habe auf die Tür getrommelt, mit Fäusten und Schuhen auf die Tür getrommelt, und sie haben aus dem Fenster nach dem Hausmeister geschrien, und der Hausmeister kam, doch ich sprach mit dem Hausmeister, und der Hausmeister sah, daß ich gar nicht verrückt war, denn ich sprach ruhig, überlegen, ganz vernünftig, und der Hausmeister ging wieder, ich verbrachte die Nacht auf dem Fußabstreifer, wich keinen Zentimeter, und ihr Freund kam nicht, auch sonst kein Mann, es gab gar keinen, bloß sie wollte mich nicht, wollte Schluß machen mit mir, aber wollte ich sie denn noch? Ich wollte doch bloß nicht nachgeben, noch nie konnte ich nachgeben, schon als Kind konnte ich's nicht, mußte ich immer der erste sein, immer gewinnen; schon damals war ich ein kleiner Tyrann, schmiß Bügeleisen auf den Boden, meine Schwester vom Baum, und einmal hab ich unser Mädchen in die Kammer gesperrt, einen ganzen Nachmittag, und Marianne dazu.

Auch an Marianne dachte ich vorhin. Ich habe sie mit in die Kammer gesperrt und geohrfeigt, als ich sie herausließ, geohrfeigt, weil sie mich liebte, mir nachsah, Augen machte. Ich mochte das nicht – bis sie weg war und ich ein Bild von ihr fand, halbnackt, die Wimpern lang, der Blick verschleiert, glänzend, feucht. Da wollte ich sie. Doch ich hatte noch gar kein Mädchen gehabt. Drei Tage fuhr ich mit dem Rad nach Böhmen und traf sie allein in einem großen Haus. Ihr Onkel verreist, ihre Mutter verreist, ihr Vater schon tot; aufgehängt oder aus dem Fenster gesprungen, ich weiß nicht mehr. Ich kam spät, sie hatte schon geschlafen, doch ich küßte sie noch diesen Abend, mein erster Kuß, nicht toll, wahrhaftig, so fad wie die meisten ersten Küsse, und dann schliefen wir.

Am Morgen regnete es, es regnete vierzehn Tage,

solang ich dort war Regen, Regen, Regen. Ich kam vierzehn Tage nicht vors Haus. Ich war vierzehn Tage allein mit ihr. Wir saßen nebeneinander, lasen in einem illustrierten Casanova, betrachteten die Bilder. Dann spielten wir Schach. Sie spielte schlecht. Sie verlor jedesmal. Wenigstens einmal, sagte ich mir, mußt du sie gewinnen lassen, doch ich brachte es nicht fertig. Wir spielten länger als eine Woche Schach, Mühle, Dame, aber ich ließ sie nicht gewinnen. Sie weinte fast, doch ich blieb hart. Irgendwie haßte ich sie, aber ich wußte nicht warum. Vierzehn Tage regnete es, vor dem Fenster tropften die roten Geranien, und ich hatte Heimweh.

Ich habe sie nie gehabt. Vierzehn Tage allein mit ihr und nie gehabt. Einmal glitt sie, in eine Decke gehüllt, nackt ins eigens noch abgedunkelte Zimmer. Wir lagen nebeneinander und ich tat es selbst. Ich hatte es erst gelernt, mitten auf einer Dickung, weitab von Dorf und Stadt, fast endlos in jenem Sommer die Schule schwänzend, splitternackt unter lichtdurchflirrten Buchen und Birken, Nietzsche lesend und Dahinten in der Heide, Das zweite Gesicht, wirklich ich war mir wie ein Entdecker meiner selbst erschienen, wie einer, der herausgefunden, was sonst keiner kannte. Ich gestand ihr, was ich trieb, sie bedauernd, doch sie meinte, still neben mir, sonderbar still, es errege sie auch. Ich war vierzehn Tage allein mit ihr und hatte sie nie. Nur einmal, kurz vor dem Schlafengehn, lag ich auf ihr und drang ein, einen Augenblick bloß, ein winziges Stück, und zuckte zurück, als hätte ich die Hölle betreten, vielleicht schon ein Kind gemacht.

Ich erinnere einen Sonntag, als ich sie kurz vors Haus huschen sah, still vom Fenster aus, über die tränenden Geranien hinweg, und ein ganzer Haufen Burschen sich umdrehte, wortlos sich umdrehte und ihr nachschaute. Sie war siebzehn, ich sechzehn. Ich habe sie nie gehabt. Ich dachte auch daran, als ich in den Spiegel starrte. Sie ist mir entgangen, ich habe sie versäumt, und ich könnte sie hassen, weil sie mich nicht verführt hat. Zwei Jahre später tat es eine Nutte, in einem französischen Bordell, in Rochefort sur mer, als wir beim ersten Ausgang alle in den Puff strömten, erst zum Fotografen, dann in den Puff. Die Nutte war wie eine Schwester, eine große Schwester zu mir, sie spielte wie mit einem Baby. Doch Marianne habe ich versäumt, siebzehn war sie, verschwärmt, süchtig, sie wollte mich, kannte es schon, ich bin sicher, von ihrem Onkel vielleicht, ihrem Vater, von meinem, sie war in mich verliebt, ich habe sie versäumt. Auch daran dachte ich vorhin, sah vieles in meinem Gesicht, Verpaßtes, Enttäuschungen, Laster.

Ich bin dreißig – und ich bin noch nichts. Schon dreißig Jahre und noch nichts für die Unsterblichkeit getan! Plötzlich beginne ich zu ahnen, grauenvoll zu ahnen, daß ich verdammt bin zum Scheitern, verdammt zum Nichtschaffen, Fragment, zum Fetzen, ein Stümper. Ja, ich bin unfähig, wahrhaftig unfähig. Betrachte doch dieses Gesicht! Ein solches Gesicht ist unfähig, ein solches Gesicht ist fähig zum Spinnen, Flausenmachen, Überschnappen, zum Größenwahn, aber nicht zum Durchhalten, zur Energie. Ein solches Gesicht ist Scheiße, Scheiße mit Gefühl. Einem solchen Gesicht müßte man in die Fresse schlagen, stundenlang in die Fresse schlagen, bis es die Besinnung verliert und vielleicht dann zur Besinnung kommt, wenn es wieder nüchtern ist. DAS DENKMAL. Er möchte sich halt ein Denkmal bauen. Und er ist doch unfähig, wollte er sagen, er ist doch genauso unfähig wie ich, wie wir alle, er ist bloß zu blöd, es zu merken.

Dabei hat mich Rolf für einen Dichter gehalten! Er hat gesagt, schreibe, schreibe, schreib jetzt endlich einmal. Er gab auf meine Vorträge nichts, auf meine Presse nichts, aber ich gab auch nichts darauf, es war nur ein Mittel, um Geld zu verdienen, um meinem Vater zu beweisen, daß ich existieren konnte. Wie lange liegt er dir denn noch auf der Tasche? fragten seine Freunde. Und Rolf sagte: schreibe! und zu Barbara: er ist ein Dichter, und Barbara sagte, er glaubt daran. Aber lieber Himmel, woher wollte er das wissen? Aus den paar Fetzen, die er kannte, aus meinen Gesprächen, meinen kraftlosen Ekstasen? Hätte ich doch nie diesen Ehrgeiz gehabt! Hat ihn jeder Mensch? Werden die andern nur früher gescheit? Geben die andern nur früher nach? Geben sie nur früher auf?

Ich denke an meinen Urgroßvater. Mein Vater hat mir von ihm erzählt. Es ist fast das einzige, was er erzählt hat von ihm. Er ist mit ihm auf der Landstraße gegangen, als kleiner Bub auf der Landstraße nach Ebrach, von Schwarzach nach Ebrach, durch die welligen Felder, durch die Obstbäume, den Wald, und ich stelle mir vor, es war Sommer, Sommer in Franken, Sommer mit etwas Staub, mit fast goldgrüner Luft, und die Schuhe meines Urgroßvaters waren schlecht, und die Schuhe meines Vaters waren schlecht, mein Urgroßvater aber hatte einen Stock in der Hand, einen Haselnußstock vielleicht, und so zogen sie dahin, der Alte, der Junge, über ihnen und um sie der Wald, das Gesumm von Bienen, fernes Hähergekreisch, manchmal flatterten kleine Falter her oder eine Taube klatschte laut aus den Buchen, und dann schimmerten und funkelten die Sommeräkker herein, wellte sich das helle Land vor ihnen, sie sahen die Kornfelder wie blonde Vögel auf den Fluren liegen, Pappeln züngelten in wehende Wolken, und alte Weidenstümpfe kauerten am Bach, irgendwo Sensengedengel, leises Gerufe, kleine blauäugige Seen blickten zum Himmel, Dächer rösteten still in der Sonne, ach, Sommer war's und Geruch und ein Anflug von Staub, Wegwarte blühte am Straßenrand, Mohn, und ich höre ihre Schritte, ich höre die Vögel in den Apfelbäumen und den Bussard über den Wäldern, ich rieche den Sommer und spüre den August, ich sehe das heiße Zittern über den Feldern, sehe Kirchtürme spitz und schlank in den Himmel gekippt, und dann, ja, und dann blieb mein Urgroßvater manchmal mitten im Gehen stehen und machte mit seinem Stock eine weite Bewegung über das Land und sagte zu dem kleinen Buben an seiner Seite: die Reiher müssen noch einmal einen Namen bekommen in der Welt. Guter Himmel, und ein halbes Jahrhundert später hat mein Vater, mein nüchterner Vater, in einer schwachen Stunde zu mir gesagt, vielleicht durch dich? Oder war das Ironie? Ich weiß es nicht.

Wie habe ich geschuftet in den letzten Wochen, von früh bis Nacht, ich habe gefeilt und immer wieder neu versucht, habe eine Seite zwanzig-, sie vierzigmal geschrieben, habe sie immer wieder meiner Frau vorgelesen, habe es selbst zweihundert-, habe es vierhundertmal gelesen, ich wußte nicht mehr, wo mir der Kopf stand, ich sagte, was meinst du dazu oder dazu, oder man könnte es auch so machen oder so, es gibt unendlich viele Möglichkeiten, was meinst du, sag, wie würdest du es machen? Ach, sie wußte es nicht, ich wußte es ja selber nicht, mir rauchte der Kopf, mir drehte sich alles im Kopf, ich glaube, sobald man auch nur eine Spur überlegt, ist man unfähig zu schreiben, man müßte schreiben, ohne nachzudenken, drauflosschreiben wie eine Maschine, so schnell und hemmungslos, müßte alles herausschleudern wie ein Vulkan oder wie man sich erbricht oder was weiß ich, sobald man denkt, ist es schon vorbei.

Ich war tiefverzweifelt bei diesem Schreiben. Doch manchmal, manchmal war ich überzeugt. Für Augenblicke, Viertelstunden. Als meine Frau neulich aus der Stadt kam – ich bin übers Wochenende allein gewesen, bin kaum vom Schreibtisch weggekommen –, da las ich vor. Na, sagte ich, was meinst du? Ich wartete, wollte gelobt werden. Natürlich wußte meine Frau, daß ich gelobt werden wollte, aber sie mußte ihr Lob begründen. Doch da, in diesem Augenblick, da war ich überzeugt. Ich sagte, Mensch, das ist doch was, das hat doch Atmosphäre, Schwung. Wenn du andere Romananfänge liest! Wie findest du das, und das, und das, ich las, was sie schon xmal gehört, nur hatte ich jetzt ein paar Worte umgestellt, hatte einen andren Rhythmus, andren Ausdruck, neuen Satzanfang, einen neuen Satz sogar, oder ich hatte einen weniger guten Satz oder das, was ich gerade dafür hielt, weglassen. Am nächsten Tag nahm ich ihn dann wieder auf oder strich das Ganze, schrieb was Neues, am nächsten Tag las ich es ihr wieder vor und sagte, nun, wie findest du's, guter Himmel, wie sollte sie es finden, und ich schrie, das ist Scheiße, ist alles Scheiße, es taugt keinen Schuß Pulver, ich kann es aufgeben, kann mich aufhängen, wahrhaftig, ich lande noch im Irrenhaus.

Wie ich mir seit Jahren einbilde, ein Dichter zu sein, bilde ich mir seit Jahren ein, verrückt zu werden. Doch man wird leichter verrückt, als daß man ein Dichter wird, auch wenn viele große Dichter verrückt geworden sind. Erst haben sie geschrieben, dann sind sie verrückt geworden. Aber ich könnte verrückt werden, ohne geschrieben zu haben, ich könnte verrückt werden, weil ich nichts geschrieben habe. Ich müßte schreiben, um nicht verrückt zu werden, müßte schreiben, um wirklich leben zu können, oder ich muß mich verkriechen, ohne Hoffnung sein, muß verzichten.

Ich habe Anlagen, verrückt zu werden, ich weiß es. Ich bin schon oft vor dem Spiegel gestanden und habe Grimassen gedreht, schreckliche Grimassen; es hat mir Spaß gemacht, großen Spaß. Ich habe Grimassen vor meiner Frau gedreht, auch das hat mir Spaß gemacht. Ich habe Grimassen vor meiner Tochter gedreht, und auch das hat mir Spaß gemacht, Riesenspaß, ihr übrigens auch, sie hat es nachgemacht, fabelhaft nachgemacht, perfekt; ich habe ihr die Anlage zum Verrücktsein vererbt, perfekt vererbt. Hätte ein Mensch wie ich heiraten dürfen?

Freilich, meine Tochter hat auch Gutes von mir. Sie ist gut zu Tieren. Sie fragt, ist Dicker unten, es ist kalt, ist kalt da draußen, Dicker holen, sie sagt es drei-, viermal am Tag, und dann spielt sie mit ihm, streichelt ihn, beißt in seinen großen schwarzen Kopf, und vorher war er drei Jahre eingesperrt, drei Jahre in einem Loch, in dem er seinen Schwanz nicht ausstrekken konnte, in dem er seinen eignen Kot fraß, sich drei Jahre drehte, ständig wie ein Kreisel drehte, drehte, drehte. Nun hab ich ihn endlich, doch ich möchte gar kein Verhältnis zu ihm; ich behandle ihn gut, aber freunde mich nicht an. Seit Heidls Tod will ich keinen Hund mehr. Dicker mußte ich nehmen, doch ich lasse mich nicht ein mit ihm. Man sollte sich mit keinem Wesen näher einlassen, nein, mit keinem, es kommt nichts dabei heraus, nichts als Unglück, als Haß, als Streit, als Trauer. Wenn ich an die Skandale meiner Ehe denke, und war doch nichts, rein nichts, kein Grund, nur das Miteinander, das Zusammensein. Und was war vorher! Lieber Himmel, ich möchte es wirklich auf Tonband haben, wie ich vor drei Jahren mit meiner Frau sprach und wie heute. Und in allen Familien fast das gleiche doch, derselbe Jammer, dieselbe Enttäuschung, dieselben Lügen. Und ist das ein Trost?! Ach, diese sinnlosen Debatten, diese Reden und Gegenreden, dies ewig stundenlange Hinundher, dieses Reiben um des Reibens, des bloßen Rechthabens willen, und die Magenkrämpfe danach, das dürftige Versöhnen, das gewaltsame Nehmen, die Wut in der Lust und die Lust in der Wut, oh, alles stand in meinem Gesicht vorhin, wie eine Offenbarung der Verzweiflung, Blick auf eine Landschaft, die bald nicht mehr existiert, verflucht zur Unfruchtbarkeit, eine Wüste, produktiv nur im Haß, im Zwietrachtsäen, Zerstören.

Ich habe zerstört, ja, ich habe zerstört. Und warum habe ich zerstört? Weil in mir selbst nichts war als Zerstörung, als ein Chaos, ein Halbwissen, Nichtauskennen. Wer gibt denn Wegweiser in dieser Welt, wonach man sich richten kann! Ich weiß es nicht. Wege gibt es genug, aber es gibt keine Ziele, keine Lösungen, gibt bloß das Ich, auf dem man herumreitet, mit dem man sich abstreitet, das man ruiniert, ach und ich habe es kräftig ruiniert, es gibt nichts in mir und nichts an mir, das ich nicht ruiniert hätte, und ich habe alles andre ruiniert, das mir entgegentrat, weil ich selber ruiniert war.

Nur den Hunden half ich im letzten Jahr. Ich holte Dicker aus seinem Loch. Und rettete Daxl das Leben, als ihm der Idiot Strychnin verpassen wollte. Erlösen wollte er, erlösen! Locken Sie ihn mal durchs Zimmer, sagte er, und dann kam Daxl, ein Häuflein Elend, wahrhaftig, auf seinen Vorderbeinen, und der halbe Körper schleifte nach wie ein Sack. Ja, schon gut, schon genug gesehn, meinte der Idiot. Fünfundzwanzig Sekunden, ist gleich vorbei. Aber da hab ich Daxl doch wieder zusammengepackt und am nächsten Morgen nach München gebracht, dreihundert Kilometer in einem Taxi zur Klinik, habe einen Vortrag abgesagt, das letzte Geld zusammengekratzt, du bist verrückt, sagte mein Vater, aber der Hund wurde gerettet.

Doch sonst habe ich Hunderte von Tieren getötet, ich habe erschossen, erstochen, erschlagen, ich konnte es zuletzt nicht mehr. Ich mußte immer an die Tiere denken. An den Keiler, dem ich das ganze Maul zerfetzt, alles lag voller Zähne und Kieferknochen, und er war fort, in einem eisigen Winter, steinhart gefroren der Boden. Ich sah oft den Adler, den ich heruntergeholt, einen Fischadler, der plötzlich durch die Wiese kam, groß, mit schlagenden Flügeln und hohem Hals, auf mich zu, ein Wesen, das leben, sich wehren wollte, und ich stand da, erschrocken, beschämt, und drosch mit einem Stock auf ihn ein, bis er tot war. Oder die Ente, die ich geflügelt hatte und erschlug, bis der Rumpf ohne Kopf dalag und zuckte. Die Sau, die ich im Getreideacker schoß, wo sie wie wild das Feld niederwälzte, und dann klagte sie laut, der ganze Abend hing voll von ihrem Schrei, und hinter ihr kamen plötzlich Frischlinge, lauter Frischlinge, sie wackelten so schnell sie konnten mit ihren kleinen Leibern den Hang hinauf, und ich wußte jetzt, ich hatte ihre Mutter getötet. Der Rehbock, den ich zu tief erwischte, und den dann Wochen, viele Wochen später erst, ein Nachbar schoß, der Vorderlauf verfault schon, stinkend, von Maden übersät. Oder der andre Bock, mein zweiter, den ich abnicken wollte, weil das als weidmännischer galt, und wie ich ihn metzelte, ich dreimal auf ihn einstach, dreimal das Messer ansetzte auf seinem Kopf, ohne die richtige Stelle zu finden, und wie das Tier zappelte, schrie, und ich immer wieder hochfuhr, um mich blickte, ein Mörder, Mörder, bis das Reh unter mir lag, still unter mir lag und wartete, und wie es mich mit seinen Augen ansah, wie sein Herz flatterte, und ich wußte, daß ich es umbringen mußte, und oben hing der Himmel, splitterte blau durch die Buchen, Vögel piepsten, und es war Sonntagnachmittag.

Ach, Dutzende von Tieren, die ich gefoltert, und Dutzende gewiß, die ich gefoltert habe, ohne daß ich's weiß, die ich angeschossen und die dann irgendwo verstunken, elend irgendwo verstunken oder vom Hund oder Fuchs gerissen worden sind. DAS EDLE WEIDWERK! Die Lügen überall, diese gottverdammten Lügen, ob es um die Jagd geht, den Krieg, um die Politik oder die Schlachthäuser. Wer heute als Schriftsteller schreibt, müßte schreiben wie ein Ertrinkender schreit, ohne zu überlegen, nur laut, laut, daß alle herzuspringen, helfen. Aber wer hilft denn dem andern! Ich sehe es doch, seh es doch, ich bin mit vielen Menschen zusammengekommen, um jeden eine Mauer, unübersteigbar, keiner geht heraus, keiner hinein, es ist Scham, ist Schrecken, ist Hochmut, Eitelkeit, Furcht, aber es gibt kein wirkliches Verstehen, alle schwimmen wie Inseln im Chaos, sie hängen sich an alles, hängen sich aneinander, ans Geld, ans Fressen, an die Kunst, ans Vögeln, an die Religion, den Alkohol, was weiß ich, doch nichts hält.

Nur Gott hält, sagen manche, Gott, aber auch nicht hier, nicht in diesem Leben, drüben bloß, ja drüben, Wechsel für das Leben nach dem Tod. Ich glaube nicht daran, nein, ich glaub es nicht, es ist Ausflucht, Schwäche, ist die Religion der Feiglinge, ein Wunschtraum, nein, ich glaub es nicht, lieber verzweifeln, lieber zugrundegehn als so schwach werden, so feig. Denn es ist Feigheit, der Glaube ans Jenseits, und Arroganz und ist lächerlich. Wir gehen kaputt wie alles, wir verfaulen, wir verbrennen, aber wir können es nicht ertragen, also erfinden wir, was wir brauchen, wir belügen uns ja so schön, wir haben ja gelernt, uns zu belügen, sind perfekt darin, haben eine Jahrtausende alte Tradition, warum also nicht weiterlügen, wenn es so wohl tut zu lügen: also lügen wir weiter und glauben, wir sind fromm und gut und gottesfürchtig, und in Wirklichkeit sind wir gottverdammte Schleimscheißer.

Ich habe mit vielen gesprochen, die sich religiös gaben oder religiös waren. Wenn nicht bloß Nutzen aus ihnen sprach, Profitgier, die Karriere mit dem Gebetbuch in der Hand, dann habe ich immer bald gemerkt, daß diese Leute Angst hatten, Angst vor dem Leben, Angst vor dem Tod, daß nur der Glaube sie zusammenhielt, daß sie schwach waren, versagt hatten, elende Feiglinge. Ach, ich habe auch versagt, unausdenkbar versagt, und bin schwach voller Angst, aber diesem Verdummungstraum will ich mich doch nicht in die Arme werfen, diesem Feiglingsparadies. Lieber verzweifeln, ehrlich verzweifeln, keine Lösung sehn, keinen Weg, nur sich selber nichts vormachen. Gut sein heißt tapfer sein, so ähnlich sagt Nietzsche. Doch diese Leute sind nicht tapfer. Ich bin es auch nicht, aber ich will sehend in die Verzweiflung laufen, mit weitaufgerissenen Augen, will wissen, daß ich mich selbst nicht belogen habe.

Und doch habe ich mich belogen, meine Eitelkeit hat mich belogen, und ich weiß nicht, wie ich ohne diese Eitelkeit leben kann, ohne Hoffnung, ohne Hoffnung. Ich sehe schon alles verwehn, die Spur meiner Füße verwehn, die Spur meiner Füße führt ins Nichts, und tappe ich denn nicht schon im Nichts, und warum will ich denn nicht ins Nichts, warum sträube ich mich denn, schaudre ich, warum liebe ich mich denn so? Aber liebe ich mich überhaupt? Hasse ich mich nicht? Möchte ich nicht nur, daß ich liebenswürdig wäre? Sie müssen sich lieben, sagte das Rindvieh, Sie müssen sich LIEBEN. Oh, wir sind Lügner, Lügner. Ich sehe mich im Spiegel, dies Glänzen der Augen, die versagt haben, kein Ausweg, keine Hoffnung, eine blaue wäßrige Verzweiflung, die Falten um den Mund, die Schluchten der Resignation, die Haare auf dem Kopf, die ausgehn, auf einem Schädel schon ausgehn, der nichts hervorgebracht, einem Knochen, der unproduktiv war, unproduktiv bleiben wird. Dreißig Jahre und noch nichts für die Unsterblichkeit getan! Ich habe versagt, ich habe restlos versagt, zwei Seiten in einem Monat, und sie sind nichts, sind nichts. Ich bin wie gelähmt, ich habe das Gefühl, keinen brauchbaren Gedanken mehr denken zu können, habe das Gefühl, mein Gehirn müsse aus Kot bestehn oder einem Haufen Würmer oder aus was weiß ich.

Manchmal gehe ich spazieren. Es ist Winter jetzt, es liegt Schnee, ich gehe und gehe, geh den Berg hinauf, trete in den Schnee, ich seh auf meine Stiefelspitzen und seh den Schnee, bei jedem Schritt den Schnee davon fallen, ich sehe um mich und seh die beiden Hunde, zwei schwarze Hunde im Schnee. Manchmal ist es windig, manchmal ganz still, meist ist es dämmrig, denn ich gehe gern in der Dämmerung, die Dämmrung liegt in meinem Kopf, wir leben immer in der Dämmerung, leben immer auf die Nacht zu, und dann steh ich oben am Berg und schau auf das Dorf, ich seh es klein daliegen, ein paar graue Wände, schwarze Fenster, sonst alles Schnee, alles Schnee, und da und dort wird ein Fenster golden, und wenn es diesig ist, flutet das Gold heraus, schiebt sich wie goldne Schuppen in den Nebel, nein, nur keine Bilder jetzt, keine Literatur, ich meine, es gibt Augenblicke, da ich schwach, ganz schwach ans Leben glaube. Es ist meist, wenn ich draußen, wenn ich allein bin, die Luft spüre, also es gibt Augenblicke, und mehr als Augenblicke kann man im Leben wohl nicht erwarten, mehr als ein paar Augenblicke, in denen man nicht ganz verzweifelt. Doch diese Augenblicke verrinnen, zergehen spurlos, dann hängt man sich an Menschen und wird enttäuscht, dann hängt man sich an neue Menschen und wird wieder enttäuscht, dann hängt man sich an Hunde, und Hunde enttäuschen nicht, aber Hunde sterben bald, und wenn man sie liebt, sterben sie früher. Alles, was man liebt, stirbt bald, und je mehr man es liebt, desto früher stirbt es. Was heißt überhaupt Liebe! Es sind nur Ausbruchsversuche aus dem Kerker des Ich, vereitelte Fluchten, Narkosen, Ekstasen, und alles endet in Enttäuschung, in Haß, in Rache, alles endet im Gegenteil, und die Gitter werden stärker, die Mauern werden höher, die Verzweiflung schwillt. Und alles denke ich doch bloß, weil ich versagt habe.

Guter Gott, es ist Nachmittag, ist Spätnachmittag jetzt, der Schnee wird schon blau vor meinem Fenster, die bläulichen Schneeflächen schiefern ums Zimmer, dazwischen ein blauroter Alpenveilchenstock, dahinter wirbelt Schnee vor einer Hecke, Schnee, wenn ich jetzt da vorbeigeh, burren Spatzen hoch, dunkle

Schrapnells, darüber zwei Apfelbäume, krumm wie Regenwürmer, stehn in der Verzweiflung, im Nichts, doch sie wissen's nicht, stehn bloß, warten, aber was wissen denn wir? Wir wissen nur, daß wir unglücklich sind, alle zusammen unglücklich sind, alle, außer den Leutchen, die ihr Mäulchen drehn und ihr Glück preisen, ihr feistes Spießer- und Vogelstraußglück. Und ich seh den Schnee fallen, seh den Schnee, und meine Schreibtischlampe brennt, im Bücherschrank gespiegelt, im schwarzen Klavier, in dem Klavier, auf dem meine Mutter spielte, und manchmal sang sie dazu, ich glaub, wenn sie unglücklich, traurig, wenn sie voll Sehnsucht war. Und jetzt spiegelt sich das Licht meiner Lampe darin, wie ein kleiner goldner Vogel, ein Kanarienvogel im Käfig. Und es ist warm im Zimmer, ist ruhig, könnte ich nicht zufrieden sein, nicht halbwegs zufrieden? Gewiß könnte ich's, wenn ich vernünftig wäre, bescheiden, meine Nichtigkeit akzeptierte, meinen Bankrott.

Jetzt kommt was auf der Straße, ich seh's von hier, von meinem Schreibtisch aus, ein komischer Transport, ein Junge und ein Kapuziner. Der Junge zieht zwei Schlitten, auf jedem ein Sack, hintennach trabt der Mönch, der Wind bläst, der Schnee stiebt, stiebt mitten auf sie zu. Vor meinem Fenster bleibt ein Schlitten stehn, er ist auf Dreck geraten, der Junge zieht, er zerrt, läuft rot an im Gesicht, sicher wurde er vom Pfarrer kommandiert, sicher ist er wütend darüber, ich will mich schon ärgern, über den Pfarrer, das Mönchlein, da kommt es, wart, sagt's, ich helf dir, und zieht mit dem Jungen, zieht am Strick mit dem Jungen, und so verschwinden sie, verschwinden am

Strick. Gott, ist die Welt nicht elend, dies Amstrickziehn und Brotbetteln, dies ewige Abmühn und Vonhauszuhausgehn, und andre prassen, ersticken im Überfluß und müssen Kriege führen, um noch mehr zu kriegen. Ich weiß nicht, es kann kein guter Gott sein, wenn es einen gibt, oder er hat uns alle als Schwachsinnige erschaffen, die alles verkehrt, die alles auf dem Kopf stehn oder gar nicht sehn, wir sind vielleicht blind und wissen es nicht, oder sind wir Gott und wissen's nicht, wie herrliche Götter wir wären.

Aber das ist alles Unsinn. Wenn man gescheitert ist, wird alles Unsinn, wenn man gescheitert ist, wird die Welt ein Scheiterhaufen, wenn man gescheitert ist, möchte man sich auf den Scheiterhaufen stellen und die Welt dazu, man möchte anzünden und alles in Flammen aufgehen lassen und unter. Hätte ich Macht, jagte ich die Welt vielleicht in die Luft, an einem Tag in die Luft, ich würde sie erlösen, würde ein wahrhafter Erlöser sein. Vielleicht wollte Nero sie schon erlösen, doch er war kein Erlöser, er hat nur ein Feuerchen gemacht, nur gestümpert. Ich habe auch oft gestümpert, in der Schule gestümpert und bei Frauen gestümpert, bei Marianne habe ich gestümpert und bei Ruth. Die Geschichte mit Ruth, ich las sie auch in meinem Gesicht, las überhaupt alle Begegnungen mit Frauen darin, alle Geschichten mit Mädchen, die ich hatte, selbst wenn es gar keine Geschichten waren, eine Flut nur, eine Flut – und man erinnert sich, das ist's, das bleibt, ein bißchen Erinnerung raunt vorbei, raunt wie ein Bach, ein kleiner Bach in einer Wiese, das alte Lied, das alte Lied.

Ich bin in Neapel im Puff gewesen. Als Soldat war

ich dort; ich würde mich schämen, als Zivilist in einen Puff zu gehn, aber ich würde mich auch schämen, als Mann nie in einem Puff gewesen zu sein. Also, im Puff in Neapel, nichts Besondres. Erst wollte ich ein bißchen italienisch plaudern, doch die Nutte sprach Deutsch, nichts Besondres – eine Deutsche sogar, eine Lehrerstochter aus Köln, schau an, ganz jung mit einem Onkel durchgebrannt, nichts Besondres. Vielleicht auch gelogen, aber egal. Wir babbelten eine halbe Stunde, dann hab ich ihr Geld gegeben und sie hat es mir wieder in die Tasche gesteckt, doch auch das ist nichts Besonderes, man kann es so ähnlich überall lesen, und Malaparte hat tollere Dinge erlebt – she is a virgin, a real virgin, aber ich habe es so erlebt, und ich denke manchmal daran. Die Kölner Lehrerstochter im Puff von Neapel.

Neapel, Neapel, oft bin ich in Neapel gewesen, auch ich bin in Neapel gewesen, ich weiß noch, wie ich das erstemal nach Neapel fuhr, wir lagen in der Nähe, irgendwo am Meer, und fuhren an jenem Morgen nach Neapel, es war Morgen, die Luft war noch frisch, doch die Sonne schwamm schon wie ein goldner Fisch am Himmel, schwamm tief, tief über den Dächern, den flachen, südlichen, und wir fuhren über die Straßen, die fremden, und die Bauern mit ihren Karren, die Mädchen, die Vorstädte, und der Fahrtwind, der Fahrtwind, dieser süße, voll Gerüche, der fremd war und frisch war und den Morgen in die Nasen trieb, in die Münder trieb, der Italien bis in die Augen trieb, bis ins Gehirn, ach, es war Morgen damals, und Fahrtwind, in den sich's so gut summen ließ, singen ließ, summen ließ, o mia bella Napoli,

Napoli, Gott, wie jung ich damals war, Napoli, Neapel, Napoli, und die Räder drehten sich und drehten sich und zuschelten über den Asphalt, und es ging nach Neapel, auch ich bin in Neapel gewesen, ich *bin* in Neapel, doch es ist etwas Fernes, Glitzerndes, es brennt, ich gehe durch die weißen siedenden Straßen und der Schatten ist dick und dampft, und ich schlendre, ich bummle dahin, o Neapel, Neapel, ich bin durch deine Straßen gegangen, schmale Schächte, hohe Schächte, Schächte, über die der Himmel turnte, über die er blau hinwegsprang, und ich habe zu ihm aufgesehen, habe meine Augen zu ihm aufgehoben, haltlos, strauchelnd, schwindelig, und weiter durch die Straßen, Straßen voll Papier, voller Lumpen und Orangenschalen, Geruch und halbnackter Kinder, Straßen, die steil und hellgrau in den Himmel stiegen, beflaggt mit Wäsche in den Himmel stiegen, und alles eingemulmt in Hitze, diese drückende, betäubende, diese geschlechtsvolle Hitze, ach, wie es trieb, wie es sie trieb, wie Heringszüge trieb es durch die Straßen, heiß, faul, schlampig, schön, wie es strömte, sprach, handelnd, mauschelnd, haben Sie Silbergeld? Silbergeld? Du Silbergeld? Brauchen Sie Stoffe? Damenstrümpfe? Wäsche? Brauchen Sie Uhren? Du signorina? Bella signorina, Du Fräulein? Du fickificki, komm mit, oh und das Meer dann, aus der Nähe das Meer, wie Tinte, wie Lack, blaulüngig und mit dem goldnen Gehupfe der Sonne darauf, mit der Weite auch, dem Flimmern, den Booten, der Sehnsucht, und von der Höhe aus die Stadt, weiß, weiß hingebreitet an den nassen blauen Strand, an die träge Wüste, die segelschimmernde, funkelnde, brütende Wüste, und tief in den schmutzigen Schluchten dann wieder, das Hirn gelähmt, die Füße brannten, und haben Sie, und wollen Sie, und die Schaufenster in den großen Straßen, ich seh die Sonnenbrillen noch, wie modisch, wie mondän sie waren, wie geheimnisvoll sie in den Fenstern funkelten, Sonnenbrillen für einen Monatssold, wie ich an die Frauen dachte, die sie tragen, die solche Sonnenbrillen tragen würden, und weiter durch die Straßen, manchmal keine zwei Lire in der Tasche, manchmal ein Eis, ein Eis in zehn Stunden, lang aufgespart und mit Andacht verzehrt, o Napoli, Napoli, o mia bella, und wie selten reichte es für eine Frau.

Und später, als wir Sizilien schon hinter uns hatten und auf Rom zu fuhren, lasen wir einmal irgendwo ein Mädchen auf. Hunderte von Italienern winkten auf den Straßen, doch es war verboten, sie mitzunehmen, nur die Mädchen kamen rein, wenn sie allein standen, hübsch waren, und dann wurden sie natürlich umgelegt. Dieses Mädchen war Studentin, sie hatte ein Jahr in München studiert und sprach etwas Deutsch. Wir brachten sie in unser Lager, und am Abend wollten sie zu fünft über sie her. Sie steckten sie in einen Kastenwagen, ein geschlossenes Lastauto mit einem Gang in der Mitte, legten sie da längs und besprachen die Reihenfolge. Mühlbauer war der erste. Ich weiß nicht, was er tat, doch sie schrie, dann kam Mühlbauer, rot etwas, erregt, schimpfte sie eine sture Sau und stieg noch einmal hinein, sie schrie wieder, man hörte beide poltern, hörte Gewürg, und als er herauskam, war er wütender noch, sie gingen zu dritt, und sie schrie, schrie laut meinen Namen, da holte ich sie, sie weinte, war fertig, ich nahm sie mit in meinen Wagen, legte sie um, natürlich, sie hatte nichts dagegen, sagte piano, piano, piano, Paolo, und war zufrieden, schlief bis zum Morgen, dann brachte ich sie fort, in aller Frühe wieder auf die Straße, aus Sizilien kam sie, aus Palermo, und wollte nach Bologna, doch ich hatte sie bloß zehn Kilometer mit ins Lager genommen, und weißgott, was sie mit ihr gemacht, weißgott, was aus ihr geworden ist, sie war froh, daß sie wieder auf der Straße stand und warten, auf den nächsten warten konnte, und vielleicht haben die Tiefflieger sie erschossen, vielleicht haben sie ihr den Tripper aufgehängt, vielleicht ihr den Tripper aufgehängt und sie dann kaltgemacht, wie das unser Chef einmal tat.

Wir hatten eine Zeitlang zwei Mädchen, zwei Italienerinnen, die für uns wuschen. Ich gab ihnen nie Klamotten, doch die meisten gaben sie ihnen und die meisten haben sie auch umgelegt, und dann bekamen sie den Tripper, und einer nach dem andern ging ins Lazarett, bis der Chef befahl, die Mädchen nicht mehr ins Lager zu lassen. Doch nach jedem Stellungswechsel waren sie wieder da, irgendeiner hatte sie in seinen Wagen gesteckt, unter die Plane, zwischen Munitionskisten, zwischen Ersatzteile gesteckt, sie waren wieder da, wuschen, bekamen ihr Brot, und abends rutschten alle über sie her, und dann gingen sie ins Lazarett. Eines Tages aber kam der Chef und knallte die beiden Weiber über den Haufen. Das Problem war gelöst; eine so einfache Lösung, niemand von uns war daraufgekommen. Nicht einmal der Ingenieur, der unsern Haufen leitete und sie natürlich auch hatte, doch er holte sich keinen Tripper, er fuhr kurze Zeit später mit Koslofski nach Rom, und bei Kilometerstein zwölf verlor Koslofskis Volkswagen das Rad, der Wagen überschlug sich und der Ingenieur war tot, auf der Stelle tot. Ich sah einmal ein Foto von seiner Frau und seinen zwei Kindern. Sie wohnten in Jerusalem. Aber er hatte 39 in Deutschland studiert und gleich Soldat werden müssen, und vor Rom, bei Kilometerstein zwölf, lag er unter Koslofskis Volkswagen und war tot. Koslofski war nicht tot, nicht einmal verletzt, er hatte einen so kleinen Kratzer im Gesicht, daß wir ihn alle suchen mußten, und Koslofski hätte sich nichts daraus gemacht zu sterben, Koslofski lebte allein auf der Welt und ihm war das scheißegal. Der liebe Gott hatte wieder mal alles zum besten gefügt.

Ich schäme mich manchmal, wenn ich Gott lästere; doch es gibt ja keinen Gott, für mich gibt es keinen Gott, also kann ich ihn auch nicht lästern. Aber ich schäme mich doch, weil ich selber oft zu ihm gebetet habe, ja selbst heute manchmal zu ihm bete, ach, es ist lächerlich, ist idiotisch, ich, ein erklärter Agnostiker, ich bete heute noch manchmal. Es ist so verrückt, so absurd, aber es ist vieles absurd, was wir tun, was ich tue, oder ist es nicht verrückt, wenn ich jeden Abend, seit fast zwei Jahren, jeden Abend, den ich zu Hause verbringe, zum Grab meines Hundes geh, dort meinen Kopf, meine Stirn auf die Erde lege und mit ihm spreche, ich, ein Mann, der nicht an ein Fortleben glaubt, nicht im Traum daran glaubt, der den Glauben an Unsterblichkeit für Arroganz, einen widerlichen Größenwahn hält, für lächerlich, ich spreche mit meinem Hund, der seit zwei Jahren tot ist, ich sage ihm nur, daß ich bei ihm bin, ihn nicht vergessen habe, doch ich sage es nicht bloß in Gedanken, nein, ich sprech es aus, sprech's in die Erde, die Nässe, den Frost, im Sommer ins Gras, ins hohe, das schon aus ihm wächst. Jetzt ist es eisig kalt, der Schnee brennt scharf in meine Stirn, aber immer denke ich ein paar Augenblicke intensiv an den Hund, habe irgendein Bild aus seinem Leben vor mir, und dann sag ich laut seinen Namen, und dabei fürchte ich, daß es jemand hören, mich für einen Idioten halten könnte, und bin doch ein Idiot, wenn ich das tue, oder nicht, und tu es doch, werde es immer tun, werde immer verrückt sein. Und ich schäme mich auch, wenn ich Gott lästere, weil ich einmal sehr zu ihm gebetet, an einem Tag, den ich nie vergesse, einem Tag Ende Februar 1945.

Wir waren nach Breslau geflogen, als Breslau schon eingeschlossen war, in die Festung Breslau, in der Nacht, irgendwo von Pommern aus, und zwei Tage später machten wir einen Angriff auf die russische Linie. Am Abend zuvor hatten wir uns mit Pistolen, Handgranaten, Munition vollgestopft, siebzehn-, achtzehnjährige Bürschchen zumeist, die toll begeistert waren, die in den Gewölben des Breslauer Arbeitsamtes herumliefen, als sollten sie Indianer spielen, ach und ich höre sie noch singen, als wir in der Nacht auf Lkws davonfuhren, wann kommst du wieder, mein kleiner Flieger . . . und ein paar alte Leute streckten ihre Köpfe aus den Fensterhöhlen und sahen uns nach.

In den letzten Nachtstunden lagen wir am Stadtrand im Keller eines zerschossenen Hauses, unser ganzer Zug, und im Morgengrauen verließen wir das Haus, leis, einer hinter dem andern, und glitten ins Dunkel. Dann bildeten wir Schützenkette, flüsterten es von Mann zu Mann, und plötzlich wurde es hell über uns, gleißend hell, weißblaue gleißende Striche zischelten dicht über unsre Köpfe, wir hörten es schießen, rumpsen, warfen uns auf den Bauch, und keiner machte einen Schritt, und dann erfuhren wir, daß es die eigne Flak war, die aus der Stadt den Bahndamm vor uns sturmreif schoß, und daß wir ihn nehmen mußten, sobald die Flak aufhören werde zu schießen. Die Flak schoß nur fünf Minuten, dann schrie einer aufaufmarschmarsch, und wir standen auf, langsam standen wir auf, sahen uns um, bis eine Stimme brüllte, ihr feigen Muttersöhnchen, ihr feigen Schweine, wollt ihr vielleicht rauf, wollt ihr in den Graben, die sind ja schon davongelaufen, ihr braucht euch doch bloß reinzusetzen, und wenn ihr euch nicht reinsetzt, knallen sie euch da unten ab, o ihr gottverfluchten Muttersöhnchen, ihr feigen Säue, und da liefen wir und es wurde schwarz vor meinen Augen, doch es kann nur kurz gewesen sein, Stiefel stürzten über mich, viele Stiefel, ich rappelte mich auf, sprang den Bahndamm hoch, warf mich in ein Loch, dachte, Sand, o Sand, hörte fremde Stimmen plötzlich, fremde Sprache, heiseres, leises, gehetztes Gegurgel der Russen hinter dem Damm, und da stemmte einer, ein Blonder, sehr junger, ein Offiziersanwärter, das MG sich an den Leib und schoß und schoß, schoß wie ein Irrsinniger, und ich schrie, hör auf, du Narr, hör auf! schrie ich, und wollte ihm gerade die Spritze entreißen, da ging alles drunter und drüber, eine Handgranate muß in unser Loch oder auf den

Lochrand geflogen sein, der MG-Held tot, und Schorsch Motschenbacher, ein Nürnberger, dem sie dann beide Beine noch absäbelten, bald tot, nur ich spürte nichts, rein nichts, lauter kleine Splitter bloß, ein, zwei Dutzend Splitterchen, die ich gar nicht merkte, die mir aber das Leben retteten, denn ich kam heim, ich wurde ins Lazarett gebracht, obwohl ich nicht wollte, Gott, wie blöd, selbst nach drei Jahren Krieg noch, doch dann, ja, dann, ein paar Tage danach, bin ich in eine Maschine gestiegen und in der Nacht rausgeflogen, jawohl: a farewell to arms auch für mich, aber legal, alles legal fast, bloß: Holzauge sei wachsam!

Zunächst freilich lag ich in dem Loch, und als es hell wurde, sah ich, daß ich direkt neben einem Toten lag, einem toten Russen, dessen Kopf ganz grün geworden war, er sah grün aus, ich weiß nicht warum, ein mongolisches Gesicht, ein Kopf wie von einer toten Katze, es war der erste Russe, den ich sah in diesem Krieg, und ich lag neben dem Toten, da flog Ernst noch herein, Ernstchen aus dem Allgäu, der Autohändlersohn, und als sie bald mit den Granatwerfern begannen und jedes Loch beschossen, stundenlang jedes Loch beschossen, da habe ich gebetet, habe den Kopf, den Körper, habe alles tief in den Sand gewühlt, neben dem Toten in den Sand gewühlt und gebetet, zu Gott gebetet, zur Muttergottes gebetet, und an meiner andern Seite lag Ernstchen im Sand, und Ernstchen betete laut und schrie nach seiner Mutter, jawohl, wie's in den Romanen steht, genauso, er hätte mich fast verrückt gemacht, und als er selbst verrückt war, da sprang er aus dem Loch, doch nach der falschen Seite, zu den Russen sprang er, und sie müssen ihn kaltgemacht haben, noch bevor er zehn Meter gelaufen war, ich weiß es nicht, ich habe nicht meinen Kopf hinausgestreckt, stundenlang nicht meinen Kopf hinausgestreckt, und am Nachmittag stürzten wir alle davon, Hals über Kopf stürzten wir davon, alle, die noch lebten, doch die meisten lebten schon nicht mehr.

Ich habe auch daran gedacht, auch an diesen Tag, als ich mein Gesicht im Spiegel sah, habe gedacht, ob es besser gewesen, ich wäre da umgekommen, gefallen sagt man, doch ich wäre nicht gefallen, ich lag so fest auf der Erde, hatte mich so hineingekrallt, ich wäre nicht gefallen, ich weiß nicht, wie ich ausgesehen hätte, vielleicht hätte ich mich mit dem toten Russen gepaart, aber gefallen, nein, gefallen wäre ich nicht. Doch es war besser, daß ich damals davonkam, und nicht für mich allein besser, aber es gibt auch für mich noch Dinge, über die ich nicht spreche, doch ich bin nicht glücklich dabei. Das Leben wird immer schlimmer, das Leben nähert sich immer mehr dem Tod, alles Leben um uns nähert sich dem Tod, und es ist ein großes Drauflosstürzen auf den Tod, auf das Ende, es gibt kein Entrinnen.

Ich denke heute nicht mehr so oft an den Tod wie vor einem halben, einem dreiviertel Jahr, weil ich jetzt gesünder, körperlich gesünder bin. Aber damals, damals, ich kann es mir kaum noch vorstellen; eine fürchterliche Zeit. Ich hatte Angst, allein zu schlafen, ich, ein Mann von dreißig Jahren, ich hatte Angst, den Morgen nicht mehr zu erleben, ich hatte Angst, in der Nacht zu erwachen, geschwächt, geschwächt, dem

Tode nah, zu schwach, um an die Tür zu laufen, sie zu öffnen und zu schrein kommt, kommt, es ist soweit. Ich bin in Schweiß gebadet aufgewacht, ich lag allein, allein in der Nacht, ich fühlte, wie ich schwach wurde, mir das Leben entrann, ich lag und wartete auf etwas Entsetzliches, oder ich stürzte zum Fenster, riß es auf, holte mir Luft, Luft, und am Morgen war es wie ein Wunder, wieder aufzuwachen, noch da zu sein, aber es war ein schreckliches, ein angstvolles Dasein. Überall war Tod, alles voll von Tod, er saß mir in der Brust, im Kopf, er saß in meinen Nerven, drehte mir die Luft ab, machte mich schwindlig, dauernd schwindlig, ich hatte stets ein Gefühl, als führe ich ewig im Kreis, führe ich immerzu Schiffschaukel oder Karussell, ich sah die Landschaft nicht mehr richtig, das war das Merkwürdigste, sah die Dinge nicht mehr, wie ich sie früher gesehn, ich sah sie wie im Spiegel, sah sie flackernd, scharf und überklar, ich hatte keinen Kontakt mehr mit ihnen, alles entzog sich, ich sah es, aber sah es unnatürlich, es war beängstigend, BEÄNGSTIGEND. Und meine Augen waren gesund, Franz hat sie untersucht, fast eine Stunde untersucht, und mein Kopf war gesund, auch das Herz, etwas klein, doch gesund, ganz gesund, und die Leber und die Lunge gesund, alles gesund, und mein Vater sagte, ihm fehlt gar nichts, bloß der Wille fehlt ihm, er denkt bloß zu sehr an seine Krankheit, wenn er gesund sein wollte, wäre er gesund, und ich lief von Arzt zu Arzt, und alle sagten, ich sei gesund, und natürlich ließen sie sich gut bezahlen, ich bezahlte bar, weil ich nicht warten, mich nicht anstellen wollte, ich hatte auch gar keine Zeit, mich anzustellen, und keine Lust.

Einmal ging ich zu einem Doktor meiner Heimatstadt. Mein Vater hatte ihn empfohlen. Ich sagte gleich, ich sei privat, und wurde in ein leeres Zimmer gebracht, daneben zwei andere, vollgestopft mit Menschen. Im Nu war der Arzt da, steckte aber bloß den Kopf herein, er komme gleich, sagte er, er sei gleich soweit, nur noch eine Kleinigkeit, dann erschien seine Frau und nahm meine Personalien auf, und fünf Minuten später war er selber wieder da, sagte, so bitte, Herr Reiher, wo fehlt's denn dem Herrn Reiher (und da hätte ich ihm am liebsten schon die Fresse poliert), na, das werden wir gleich haben, so bitteschön, hier kann der Herr Reiher erst einmal Platz nehmen, ich komme gleich wieder, meine Frau macht einstweilen das EKG, und er verschwand in einen andern Raum seiner Fabrik, das EKG wurde gemacht, es ging schnell, und als es fast fertig war, steckte er nochmals seine Rübe herein, er kam gar nicht, sah nur von der Tür, vom Türspalt wieder her, sagte, schön, alles schön, ja, alles richtig, gut, gut, und fort war er, ich wartete ein paar Minuten, da kam er zurück, ich hatte schon den Oberkörper frei, er beklopfte meine Brust, hörte kurz auf meinen Atem, er griff mir an den Hals, er sah mir in den Mund, schön, schön, alles in Ordnung, gut, gut, nichts zu finden, der Befund ist befriedigend, so, sagte ich, ja erfreulich, das beruhigt mich, was bin ich schuldig, ach, pressiert nicht, wollen Sie es gleich, sagen wir halt vierzig Mark, na schön, gut, gut, es lebe das ehrbare Handwerk!

Wenn ich an den Wiener Juden denke, der mich später in London untersucht hat – erst redete er mit den Leuten im Wartezimmer, dann unterhielt er sich eine Stunde mit mir, danach holte er noch meine Frau und besprach sich mit uns beiden, fragte auch nach unsrem Aufenthalt, und war sich schon über unsre Finanzen im klaren, er verlangte zehn Schilling, dann sagte er noch, wo wir gut essen könnten und nicht teuer, kontinentale Küche, machte auch eine Zeichnung und kam später ins Lokal, um zu sehen, ob wir es gefunden – Dr. Fishel aus Wien, den wir vertrieben. DIE JUDEN SIND UNSER UNGLÜCK!

Ich habe an diese ganze Geschichte gedacht, als ich in den Spiegel sah, habe diese Krankheit in meinem Gesicht gesucht, die Spuren des Wahnsinns, der Neurose, des Zusammenbruchs, die Spuren der Angst und ständigen Todesfurcht, der Unfähigkeit. Ach, ich habe zwei Seiten in einem Monat geschrieben, und geschrieben wie ein Irrer, ich bin zehn, zwölf, vierzehn Stunden an der Maschine gesessen und habe nichts zustandegebracht als zusammengeleimtes Zeug, gebastelte Sätze, Verlogenheiten, und von dem Mist auch nur zwei Seiten. Ich habe oft an den Schriftsteller in Camus' Pest gedacht, der nie über den ersten Satz hinauskommt, ich habe an Walter gedacht in Musils Mann ohne Eigenschaften, den unproduktiven Ästheten, der immer von seinen unsterblichen Werken träumt, an Raiskij in Gontscharows Schlucht . . . Gott, man kennt diese Typen, die Welt ist voll davon, sie halten sich für fähig, sie glauben sich berufen, auserwählt, sie fühlen sich nur ständig verhindert, durch eine Familie, eine Brotarbeit, Krankheit, was weiß ich wodurch, sie finden Ausreden, Situationen, finden Wesen, die sie bezichtigen, für ihr

Versagen verantwortlich machen können, sie sind ewig unbefriedigt, ewig verkannt, aber ich wenigstens will mir nichts vormachen mehr. Dreißig Jahre ist ein Alter, in dem man ehrlich werden muß vor sich selbst, soll man nicht ein Leben lang vor sich ausspucken. Sicher bin ich nicht normal. Doch bin ich anomal? Was wissen wir denn von den andern? Wissen wir denn, wieviel sie herumtragen mit sich, wieviel Merkwürdigkeiten, Abnormitäten, uneingestandene Idiotien, Geheimniskrämereien, perverse Laster?

Ich habe in Berlin einen Mann kennengelernt. Ich hatte in einer Gesellschaft einen Vortrag gehalten, und in der Diskussion war mir der Mensch aufgefallen, jung, lebendig, gescheit. Wir gingen noch ein Stück zusammen, und ich staunte, wie beschlagen er war. Dann standen wir an der Papestraße und warteten auf die S-Bahn, da sagte er, aber ich bringe es zu nichts, ich bin ein Psychopath, ich habe einen Knacks. Er lächelte mich an, daß ich sofort überzeugt davon war, obwohl alles absurd schien. Meine Mutter, sagte er, starb in der Irrenanstalt, und meinen Vater hab ich nie gekannt. Ich fragte, was arbeiten Sie, er sagte, nichts, ich bin ohne Beruf, ich stemple. Ich sagte, aber können Sie davon leben, er sagte, gut, ich habe immer Geld, ich leihe meinen Bekannten manchmal noch Geld, meine Bekannten, die arbeiten, haben nie Geld, ich komme aus, man kann billig essen in Berlin, ich kann für siebzig, achtzig Pfennig essen, ich liege meist im Bett, ich heize nicht, ich hole mir die Bücher aus den Bibliotheken und lege mich ins Bett, ich stelle keine Ansprüche, vielleicht würde ich mich bewerben irgendwo, doch ich kann es nicht, schon im Vorzimmer bricht mir der Schweiß aus, und dann stottere ich und bin unmöglich; ich verüble es keinem, wenn er mich nicht nimmt, ich nähme mich selber nicht. Aber das gibt's doch nicht, sagte ich, Sie waren doch eben auch unter Menschen und sprachen glänzend, besser als alle. Ja, sagte er, lächelte, freute sich, aber da ging's um nichts. Sobald es um was geht, werde ich nervös, unsicher, versage. Ich lerne jetzt Griechisch und Spanisch, das hatte ich in der Schule nicht, es macht mir auch Spaß, und ich weiß auch einiges, ich habe ja Zeit, viel Zeit, ich liege im Bett und lese, lese fast die ganze europäische Literatur, das meiste im Original, aber ich scheitere an jeder Kleinigkeit. Ich bemühe mich auch gar nicht mehr, warum soll ich arbeiten für andre, warum soll ich Leute über mir haben, und warum soll ich Leute unter mir haben, ein anständiger Mensch schämt sich, Vorgesetzter zu sein, zitierte er Arno Schmidt, warum soll ich mich ständig fürchten, vorsehn, plagen müssen, sagte er, ich bleibe für mich, leg mich ins Bett, komme aus, ich tu bloß, was mir Spaß macht. Wir sprachen noch zwei Stunden, und am Ende war ich überzeugt, daß er recht hatte und wir andern alle verrückt sind.

Ich kenne noch einen Mann; er ist Romanist und geht ins neunzehnte Semester jetzt. Sein Lehrer hat ihn lang geschätzt, hat ihn begünstigt, ausgezeichnet, er sollte sein Assistent werden, sein Nachfolger vielleicht, aber seit fünf Jahren ist er schon mit seiner Dissertation befaßt, und er hat noch keine Seite. Er hat noch keine Seite in fünf Jahren geschrieben. Er ist klug, witzig, manchmal wahnsinnig witzig, er weiß eine Menge, liest viel, doch er schreibt nicht, er will durchaus, aber kann nicht. Er haust am Stadtrand in einem kleinen Gartenhaus, er geht selten zur Uni, denn er ist schüchtern, außerdem, warum sollte er gehn, er kennt alle Vorlesungen, er bleibt in seiner Bude, liegt manchmal tagelang im Bett, von Zeit zu Zeit hängt er seine Bilder verkehrt, weil sie ihm langweilig werden, von Zeit zu Zeit tapeziert er sein Zimmer mit nackten oder halbnackten Frauen, und er hat einen originellen Klosettpapierhalter mit der Aufschrift MÄNNER MACHEN GESCHICHTE, und darunter hängen die ausgeschnittenen Zeitungsvisagen der Politiker, mit denen er sich den Arsch abputzt – Gesichter, sagt er, wie sie in alten Zeiten an den Galgen hingen. Ein netter Junge, wirklich, und gescheit, und hat er getrunken, oft denkbar charmant, doch er bringt es zu nichts, nicht einmal zum Doktor, nicht einmal zum Staatsexamen, ein Vierteljahr war er Dolmetscher bei den Franzosen, weil er die Uni satt hatte, aber das Dolmetschen hatte er auch bald satt, und er zog wieder in sein Gartenhaus. Seine Eltern können zahlen; was er machen würde, könnten seine Eltern nicht zahlen, weiß ich nicht.

Und sein Vetter, mit dem ging es gerade umgekehrt. Er war Germanist, hatte rasch seine Dissertation geschrieben, sein Lehrer war sehr angetan, er sollte sich habilitieren, doch dann starb der Lehrer, und die andern fanden die Arbeit ungenügend, gänzlich ungenügend, und da gab er das Studium auf, mußte es aufgeben vielleicht, denn er hatte geheiratet, ein Geschöpf, hinter dem die halbe Uni her war, ein Kind kam, und seine Eltern waren sauer, er mußte selber Geld verdienen, er ließ das Studium und verkaufte Kaffee, er verkauft Kaffee heute, er hat einen Wagen und reist in Kaffee, und sie haben etwas Geld und eine hübsche Wohnung, sie sollen sehr snobistisch sein, sollen sich dauernd mokieren, am meisten über die Uni, über Kunst und Geist. Na eben, es geht alles, man darf nur nicht gleich aufgeben. Man reist in Kaffee, bekommt man seine Dissertation zurück, und kann man sich kein Denkmal bauen, reist man weiter in Vorträgen.

Ich bin Reisender in Vorträgen. Es ist komisch, womit mancher so sein Brot verdient. Ich reise und spreche, und am nächsten Tag reise ich und spreche, und am dritten Tag reise ich und spreche, fünf Tage in der Woche fahre ich von Ort zu Ort, und an fünf Abenden spreche ich, manche Vorträge hab ich schon oft, furchtbar oft gehalten, ich surre sie ab wie eine Maschine, ich denke über die Leute dabei nach, ich mach mir meine Gedanken über die Leute und quassle wie ein Automat, an stets denselben Stellen dieselben Kunstpausen, an stets denselben Stellen das gesteigerte Tempo, das Gesprudel, die Rasanz, und am Schluß grapsche ich schnell das Manuskript zusammen und geh hinaus, ich bin froh, wenn ich wieder draußen bin, niemand mehr zu sehen brauche, mir hängt es schon zum Hals heraus, ich habe ein paar Hundert Vorträge gehalten, und es hängt mir zum Hals heraus, es wäre vielleicht besser, in Kaffee zu reisen, ach ja, in Kaffee, in Kaffee, aber ich spreche über moderne Autoren, und dabei glaubte ich immer, selbst ein moderner Autor zu werden, was sage ich, ein moderner Autor zu sein, es war ganz klar für mich, daß ich selber ein moderner Autor sei, und jetzt schrieb ich zwei Seiten in einem Monat, du lieber Himmel.

Im Anfang habe ich wenig Honorar bekommen, lächerlich wenig, und habe nicht richtig gegessen, nicht richtig geschlafen, ich habe in unbeschreiblichen Zimmern gehaust, und heute, da ich etwas mehr verdiene und etwas besser schlafen kann, hängt mir auch das etwas Bessere zum Hals heraus, es hängt mir unbeschreiblich zum Hals heraus, und komme ich an irgendwo, zücke ich gleich das Kursbuch und schaue, wann ich am nächsten Morgen weiterfahren kann. Ja, ich mache so meine Erfahrungen, und am meisten bedient bin ich, fragt mich einer vor dem Auftritt, was kann ich über Sie sagen, es ist bei uns eine kleine Einführung üblich, unsere Besucher, unsre Gäste erwarten das, wo sind Sie tätig, kommen Sie vom Funk oder von einer Universität, und spüre doch, daß ich nur angepflaumt werde, daß man schon weiß, daß ich nirgends tätig bin und mir auf diese Elendsart mein Brot verdiene, und sage lächelnd, nein, es gibt nichts über mich zu sagen, ich bin ein unbeschriebnes Blatt, und trete ich vors Publikum, klatscht natürlich keiner, fast nie werde ich beklatscht, und ich stehe resigniert und überheblich dort am Pult und denke, am Schluß klatscht ihr schon, am Schluß werdet ihr schon klatschen, ihr Arschlöcher, als könntet ihr es mir nicht ansehn, daß ich einen guten Vortrag halte, und lasse sie auch klatschen am Schluß und haue ab, zeige mich selten mehr, und denke, die klatschen, als wäre das eine Leistung gewesen, die haben keine Ahnung, was eine Leistung ist.

Na, das alles sah ich vorhin in meinem Gesicht,

diese ganze Vortragstätigkeit, diese elende mechanische Existenzform, mit der ich mein Leben friste und die es ruiniert, und da gibt es Trottel, die mich beneiden, weil ich frei bin, weit herumkomme, viele Leute kennenlerne, und lege mich doch gleich ins Bett, steige ich irgendwo aus, ich kann aussteigen, wo ich will, ich lege mich ins Bett und warte bloß, bis es Abend ist. Und nun weiß ich nicht, wie lang ich noch sprechen muß, wie lang ich mir noch den Mund fransig reden muß, vielleicht bis ich mich tot gemacht habe. Ich rutsche wie ein Paket über die Schienen, fahre hierhin, fahre dorthin, ich werde ewig fahren müssen, werde fahren müssen, solang ich's noch aushalte, ich werde froh sein, wenn ich fahren, irgendwo meine Platte abschnurren kann, werde froh sein, wenn ich nicht wieder krank werde, wenn ich krank bin, kann ich nicht sprechen, und wenn ich nicht sprechen kann, habe ich kein Geld, und wenn ich kein Geld habe, weiß ich nicht, was dann werden soll.

Nein, dies Gesicht, das ich im Spiegel sah, hat keine Hoffnung, um diese Augen, in diesen Augen sitzt die Angst, die Verzweiflung, der Wahnsinn, der Tod. Ich bin alt, bin frühzeitig verbraucht, ich bin fertig, fertig, dreißig Jahre, und sehe aus wie ein junger Greis. Vielleicht sollte ich alles aufgeben, ich meine diese Existenz, vielleicht sollte ich kein Buch mehr lesen, keine Menschen mehr kennenlernen, nicht Menschen, wie ich sie bisher kennengelernt, ich sollte mich vielleicht verkriechen und ein guter Vater, ein guter Mann sein, nur ein guter Hausvater, und Kohl bauen, aber das ist Kohl, ist phantastisch, ist unmöglich, selbst wenn ich es wollte, ich könnte es gar nicht, ich bin erledigt, und werde mich weiter erledigen, ist erst die Hoffnung tot, ist bald alles tot.

Nun ist die Dämmrung da, blau steht der Schnee im Fenster, ich sehe in die bläulichen Schneefelder, und der Alpenveilchenstock steht davor wie ein kleines blaurotes Feuer, der Ofen sirrt, das goldgelbe Licht meiner Lampe ist abgeschirmt, und so schaue ich in die Dämmerung, warte auf die Dämmerung, die ich liebe, die ich fürchte, wie viele Dämmerungen schon, wie viele Tage spurlos verschwunden, spurlos für immer, mein ganzes Leben fast spurlos vergangen, und die Erinnerung wie eine Grimasse, ein Spuk, wie ein Traum. Wie habe ich das Leben gelebt, habe ich es nicht sinnlos, nicht leichtsinnig gelebt, nicht vergeudet, bin ich wert überhaupt noch, bloß einen Tag noch zu leben, so weiterzuleben? Was ist geblieben vom Leben? Ich weiß es nicht, Erinnerung an einen Krähenflug, ein Geruch im Vorfrühling am Abend unter der Haustür, der scharfe Duft des Meers in La Rochelle, helle Wolken über einem Buchenwald, ich muß mich besinnen, muß suchen schon, es ist nicht viel, nicht wirklich mehr, und nur wer nichts mehr wüßte, gar nichts mehr, würde dahinschweben wie im Ballon, fliegen wie ein Falter, man dürfte kein Wissen haben, Wissen ist eine schlimme Krankheit, und je ausgeprägter, desto schlimmer. Der Gedanke macht die Größe des Menschen, sagt Pascal. Doch sein Glück macht er kaum, nein, sein Unglück. Ich wäre froh, wenn ich nicht lebte, wenn ich nie geboren worden wäre. Alle Freuden des Lebens zusammen wiegen keine einzige große Trauer auf, nein, sie wiegen sie nicht auf.

Der Schnee ist so blau, er ist schon fast wie ein Leichentuch, er wickelt sich schon um die Füße der Apfelbäume, wenn man bedenkt, daß man einmal sterben muß, wenn man sich tief hineinversetzt in den Gedanken, daß eines Tages, in einer Stunde, einer ganz bestimmten Stunde, unter ganz bestimmten Umständen, das Weiterleben unmöglich sein wird, daß es zu Ende gehen, unaufhaltsam, durch keine Macht der Erde aufzuhalten, zu Ende gehen wird, zu Ende gehen muß, wenn man sich vorstellt, sich vorzustellen sucht, wie man in diesen Augenblicken über das Leben denkt, das man gelebt hat, muß dann nicht alles nichtig werden, alles uninteressant, bedeutungslos, vielleicht bleibt dann nur noch die Angst um das, was man zurückläßt, um ein paar Menschen, die man im Ungewissen zurückläßt. Die Angst wird uns überleben; Angst ist das einzige, das uns überlebt, und ist schon im Leben das Wirklichste, das uns begleitet. Die Angst wird man nicht aus der Welt schaffen können, solang es Menschen gibt, Wesen, organisiert wie wir, so unglücklich, so entsetzlich unglücklich.

Nun kommt die Nacht, ich werde bald die Vorhänge zuziehn, werde ausschließen alles und allein sein in meinen vier Wänden, ich schau hinaus, es schneit nicht mehr, ich seh den Himmel, seh Äste schwarz wie Netzwerk im Fenster, den dunklen Giebel eines Hauses seh ich, den Schlot, wie Samt, die Nacht kommt auf mich zu, die Nacht, blau, feindlich, riesengroß, sie legt sich um mich wie ein Reifen, erdrückt mich fast, nimmt mir die Luft, ich höre schwach, ganz schwach, die Glocke von Abtswind, ich bin dort zur Kirche, bin dort zur Beichte gegangen, zur Kommunion, ich war dort in Rorateämtern im Advent, war Ministrant, ich habe Osterlieder da gesungen, es gibt keine Kirche mehr für mich, ich will es nicht, vorbei.

In welchen Augenblicken meines Lebens war ich glücklich? Hat es Augenblicke gegeben, in denen ich glücklich war? Natürlich, eine Menge solcher Augenblicke, doch meine glücklichsten Augenblicke waren nicht meine glücklichsten, sondern jene, in denen ich zufrieden war, tiefzufrieden und sonst nichts, und diese Augenblicke sind selten gewesen, so selten, daß ich nicht weiß, ob ich je vor meinem achtzehnten Jahr, meinem zwanzigsten, so zufrieden war, bewußt zufrieden, denn solche Augenblicke setzen Bewußtheit voraus, tiefe Bewußtheit – und tiefe Unbewußtheit zugleich, es sind jene Augenblicke, doch es ist schwer zu sagen, in denen man ohne Gedanken in sich ruht und wie ohne Körper, als wäre man nur ein Paar Augen, in die die Welt hineingeht, ja bloß ein Stück Welt und sonst nichts. Ich weiß, ich hatte nur ein paar solche Augenblicke, aber sicher erinnere ich auch nur zwei, und deshalb wohl bloß, weil ich sie festhielt, den einen für mich, den andern für Rolf.

Was ist das Ewige? schrieb ich. Du sitzt an deinem Schreibtisch über dem Werk eines Dichters. Auf einmal hebst du den Kopf und spürst es. Ein milder Himmel blüht mit weichen weißen Wolken in dein Fenster. Er bauscht sich auf und steht ganz regungslos. Darunter pflügt ein Bauer, sein helles Hemd und seine gelben Kühe ziehen hin und her am Horizont, sein gleichmütiges Hüohott kommt herüber, wenn er wendet, blinkt jedesmal die Pflugschar in der Sonne.

Und hinter ihm geht eine Frau in rotem Kleid, der grüne Hügel fällt herunter zum Bach, die Stare steigen aus der Silberpappel, die Hühner gackern müde, das ganze Haus ist ruhig.

Das war der eine Augenblick. Und vom selben Platz aus, nur etwas später, doch die Zeit spielt keine Rolle dabei, der zweite. Ich bin allein, schrieb ich Rolf, eine ungewöhnliche Stille. Das Fenster steht weit auf, die Kuppel der Silberpappel schimmert darin, und ich höre den Wind rauschen. Ich höre Frösche, halbverwehte Menschenstimmen, die einschläfernde, müdemachende Musik der Fliegen im Zimmer. Barbara ist eben mit meiner Mutter durch die Wiesen zur Weinstube gewandelt, wie fast jeden Sonntag. Sie hat das Bedürfnis, sich mal schön zu machen, zu zeigen, und sei's bloß vor den Bauern im Sonntagsstaat oder den paar Stadtfritzen, die der Zufall da angeschwemmt hat. Ich hocke daheim, wie üblich unrasiert, in meiner alten, oft geflickten grünen Hose, die ich kürzlich wegwerfen wollte, doch wegen der Hunderechnung noch trage. Es geht, geht alles. Wenn es eine Ewigkeit gibt, hängt sie jetzt im Fenster, voller Fliederduft und Schwalbengezwitscher – und drüben streicht ein junges Paar in die Felder, und droben gelbe Wölkchen, gleich unterm Fensterkreuz. Sind sie nicht merkwürdig, diese Augenblicke im Leben, in denen man zufrieden ist? Ich meine nicht, gut gelaunt oder besoffen vor Glück oder angespannt vor Erwartung bis zum Bersten, ich meine jene seltnen Augenblicke, in denen jede Körperzelle weiß: Es KANN DIR NICHTS PASSIEREN. Du magst dabei einem Vogel nachblicken, der in den Himmel fliegt, oder den Wind sehn in einem Baum . . . Es ist verdammt selten, dies Gefühl, und es gibt Schöneres. Aber nichts ist so beruhigend: die Ahnung des Todes, ohne die Empfindung der Furcht. Gestern holte ich Daxl von München ab, fast gesund. Er döst jetzt unter meinem Stuhl. Wir sind noch einmal davongekommen . . .

Ja – und kurze Zeit später ist Heidl gestorben, Heidl, den ich vernachlässigte, als Daxl krank wurde, Heidl starb rasch, starb in zwei Tagen; vielleicht an Gift. Ich habe Heidl verloren, und Heidl war der erste große Verlust meines Lebens. Ich sollte wohl nicht darüber reden; doch ich sah auch das in meinem Gesicht, den Tod von Heidl, und wie wir ihn begruben, und jetzt bin ich ja noch jeden Abend bei ihm, jeden Abend, den ich daheim verbringe.

Zuerst fiel mir auf, daß er manchmal im Laufen stehen blieb, mitten im Gehen steif stand. Dann merkte ich, daß er nichts mehr fraß. Dann fing er an, sich zu verkriechen. Zuletzt fand ich ihn in der Scheune, ganz oben unterm Dach; ich sah nur zwei Augen im Dunkel, wild und fremd. Nachher lag er in meinem Zimmer, der Arzt wußte nichts, versprach aber, am nächsten Tag wiederzukommen. Doch gegen vier wachte ich auf, weil Heidl röchelte. Ich ging zu ihm, sprach zu ihm und schlief weiter, weil ich müde war. Dann erwachte ich wieder, der Hund röchelte, röchelte lauter jetzt, und ich legte mich zwei Stunden zu ihm auf den Boden, bis er starb. Das eine Aug, das mir zugewandt war, leuchtete plötzlich auf, und ich dachte wahrhaftig, jetzt wird er wieder gesund, ich sagte es sogar zu ihm, doch da streckte er sich, in seiner ganzen Länge streckte er sich, es gab noch einen Laut, wie wenn ein Ast bricht, und dann war es still.

Am Mittag brachte ich ihn in den Keller, denn es war Sommer, der 26. Juni 1953, und am Abend haben wir ihn begraben. Sie hatten ein Loch geschaufelt, am Weiher unter der Silberpappel, und ich holte ein paar Fichtenzweige vom Krebsrangen, wo ich mal einen Fuchs und eine Sau vor ihm schoß und oft mit ihm gewesen bin. Meine Frau hatte das Grab voll weißer Rosen gelegt, und ich trug ihn aus dem Keller auf den Armen ins Grab, durch den Ziergarten trug ich ihn, dann am Weiher entlang, am Schilf, an den Seerosen vorbei, so dämmrig war es schon, daß mich niemand sehen konnte, und legte ihn in die Erde, in die dunkle, schwärzliche, auf die weißen Rosen, das Loch war tief, doch ein bißchen klein, er lag leicht gekrümmt, aber mit dem Kopf sah er zum Haus, und ich warf meine grüne Jagdmütze auf ihn und dachte, damit er wenigstens etwas von mir hat, damit er nicht ganz allein liegt. Dann schmiß ich die Erde hinein und schaufelte zu, am nächsten Morgen aber war ein Hügel Erde im Gras, ein kleiner nasser Hügel, denn es regnete, und ich sah den Hügel von meinem Fenster aus und konnte es nicht glauben.

Das ist das Ende von Heidl, banal für jeden, uninteressant, doch ich habe da etwas verloren, habe ein Stück meines Lebens verloren, ein Wesen, das mir ganz ergeben war, das sich für mich hätte zerreißen, in Stücke hätte zerreißen lassen für mich, doch wen interessiert's. Ich nahm mir damals vor, ihm ein Denkmal zu setzen, ich dachte, wenn ich könnte, würde ich dir ein Denkmal setzen so groß wie die Pyramiden, doch ich schrieb nur eine Geschichte von drei Seiten über Heidl, und ich glaube, sie ist schlecht, ziemlich schlecht, aber mich ergreift sie jedesmal, wenn ich sie lese, doch sonst würde sie wohl niemand ergreifen, niemand, außer vielleicht meine Frau, ich weiß es nicht. Ich bin ein Stümper, ich kann aus meinen Gefühlen nichts machen, ich habe Heidl kein Denkmal gesetzt, schrieb bloß drei Seiten über ihn, die schlecht sind, doch ich glaube, ich bin gut, sehr gut zu ihm gewesen. Ich habe mich um drei Hunde verdient gemacht, also habe ich vielleicht nicht ganz umsonst gelebt. Das ist mein Ernst, denn sonst habe ich mich um niemand und um nichts verdient gemacht, ich habe ruiniert bloß und zerstört, und vielleicht bin ich nur deshalb zu den Hunden gekommen, weil ich bei den Menschen versagt hatte. Aber – WER WEISS, OB DER ODEM DES MENSCHEN AUFWÄRTS FAHRE UND DER ODEM DES VIEHES UNTERWÄRTS UNTER DIE ERDE?

Heidl war für mich wichtiger als Thomas von Aquin, tausendmal wichtiger. Neben mir liegt ein Zeitungsblatt von heute, und darauf steht: Gigant der Gigantengeneration. Die Welt trauert um den großen katholischen Dichter Paul Claudel. Doch ich kann um Claudel nicht trauern, ich habe um Heidl getrauert, um Claudel kann ich's nicht. So ist es, jawohl. Es wird viele geben, die heute um eine Waschfrau trauern oder einen alten Bettler, einen Kanarienvogel, aber nicht um Claudel. Doch getrauert wird immer, und einmal vielleicht um uns, und dann ist es vorbei. Es gibt Narren, die überlegen, wann die Welt untergeht.

Die Welt geht jeden Tag unter, viele hunderttausend Male; jedesmal, wenn ein Herz aufhört zu schlagen, steht für einen Menschen die Welt still. Als ich damals zu sterben glaubte, gab es nur eine Sorge für mich, die Sorge um mein Kind. Aber heute, wo ich gesund, ziemlich gesund bin, gibt es eine Menge Sorgen für mich, eine Menge Jammer, eine Menge Unglück, und vom größten Unglück kann ich nicht sprechen.

Der Ofen singt, der Ofen sirrt, gleichmäßig unentwegt, ich habe die Vorhänge zugezogen, nun kommt die Nacht, die Nacht, die große Nacht, ich sitze da vor meiner Lampe, und das Zimmer rauscht um mich, und die Welt rauscht, die Welt, mit der ich keinen Kontakt habe, die ausgeschlossen ist jetzt, ausgeschlossen von meiner Insel, meiner Einsamkeit, die Vorhänge sind zugezogen, die Schneeflächen verblichen, nun geht es in die Nacht, was geschieht in diesen Stunden auf der Welt, ich weiß es nicht, es prallt gegen mich, eine Flut, eine glitzernde, geile, wilde, groteske, armselige, traurige Flut von Bildern, Augenblicksvisionen, ich kann nichts denken, was jetzt nicht passierte, alles passiert jetzt, Dinge, die morgen in den Zeitungen stehen, und Dinge, die nie das Licht der Zeitungen erblicken werden.

Mir fällt ein Junge ein. Ich denke oft an ihn, obwohl ich ihn kaum sah; nur eine Minute vielleicht. Doch irgendwie bin ich mit ihm verstrickt, läßt mir die Sache noch immer keine Ruhe.

Es war in unsrer Stellung bei Cassino, südlich oder nördlich davon, ich weiß nicht recht, es könnte in Roccasecca gewesen sein. Ich sah den Jungen auf unsrem Küchenwagen, wo er hin und wieder dem

Küchenbullen half, dem Unteroffizier Angerl, einem Studenten aus Oberbayern. Die andern erzählten es später, ich hatte ihn noch nie bemerkt. Er half beim Kartoffelschälen, beim Gemüsereinigen, und sicher hat ihm Angerl manchmal eine Kleinigkeit mit heimgegeben. Als ich ihn sah, stand der Junge auf dem Küchenwagen und schaute her zu uns, den Berg hinauf, wo unter den Olivenbäumen unser Spieß erschien. Der Spieß mochte keine Italiener, ich weiß nicht warum, ich mag sie, sie verstehn zu leben, wir verstehn es nicht. Und sie kämpften schlecht im letzten Krieg, sie liefen davon, wann immer es gefährlich wurde, und darum mag ich sie besonders. Hätten sie auch so glorios gesiegt wie wir, hätten sie heute ein paar Hunderttausend oder Millionen Tote mehr, und ihre Städte wären noch gräßlicher zerstört. Stürbe doch keiner mehr für sein Vaterland. Scheißt doch auf die Vaterländer! Scheißt auf noch viel mehr!

Ja, der Spieß mochte keine Italiener, und er war feig, ich glaube, er haßte die Italiener, weil sie feig waren, er schimpfte sie feig, um seine Feigheit zu verbergen. Und er kam aus den Olivenbäumen hervor und erblickte den Jungen, er fing an zu fluchen, schrie, gestikulierte, es war keine echte Erregung, mehr Theater unseretwegen, so wenigstens erschien es mir, und der Junge sprang vom Küchenwagen, ein dreizehn-, vierzehnjähriger Bub, schlank, schwarz, tut nichts zur Sache, doch er war sehr hübsch, sprang vom Wagen in Richtung Straße, der Straße ins Dorf, während der Spieß rief, die Worte hab ich noch genau im Ohr, mit seiner zackig hellen, norddeutschen Stimme rief, paßt auf, wie euer Spieß schießen kann, und zog die Pistole von seinem kleinen fetten Arsch, doch dachte ich nicht, daß er schießen werde, und die andern, die dastanden, dachten das natürlich auch, und wenn ja, dachte ich, wird er in die Luft ballern, ganz klar, auch war die Entfernung viel zu groß, doch wer glaubte schon im Ernst, daß der Spieß schießen, auf ein Kind, einen dreizehnjährigen Jungen, der uns half, schießen werde, und er hatte den Arm gestreckt, das eine Bein vorgestellt, wie auf dem Schießstand stand er, wie ein Denkmal, wahrhaftig, der Junge lief, lief von uns fort, und dann wandte er auf einmal etwas den Kopf, als ob er sich nach uns umsehn, als ob er's einfach nicht glauben wollte, warf beide Arme hoch, wie im Kino sah's aus, dann fiel der Schuß, der Junge schlug lang nach vorn mit dem Gesicht auf die Erde, und als wir hinkamen, war er schon tot. Er muß sofort tot gewesen sein, und wir haben ihn gleich verscharrt, unter den Olivenbäumen am Berg, wie der Spieß es befahl, und am Abend kamen die Eltern und suchten ihren Sohn, ihren Sohn, er habe in der Küche geholfen, ja freilich, sie wußten das sicher, ganz sicher, doch sonst wußte es keiner, keiner konnte sich erinnern, niemand wußte irgendwas.

Ich weiß nicht, ob die Eltern das je erfahren, je das Grab gefunden haben. Aber ich sehe noch immer den Jungen, wie er läuft, wie er plötzlich die Arme, beide Arme hochwirft, sich leicht nach uns umsieht und nach vorn auf den Weg fällt, lang auf den Weg. Und ich hörte, daß der Spieß noch leben soll – Beutel heißt der Mensch, Beutel! –, in Norddeutschland leben soll, daß er Frau und Kinder hat. Aber was soll ich tun? Ich weiß es wirklich nicht. Ich hatte mich nie zu beklagen über den Spieß, nie – eine feige Sau, sicher, ein Angeber, aber längst nicht der Schlechteste in unsrem Haufen. Keine Ahnung, was er damals fühlte, es war ja Mord, glatter Mord, selbst seinerzeit, und wir hätten ihn am liebsten aufgeknüpft, alle zusammen am liebsten aufgeknüpft, doch wir waren alle zu feig, ihn auch bloß zu melden, und natürlich hätte es gar nichts genützt, denn er war Spieß und mit dem Chef unter einer Decke, und der Chef war es wieder mit seinem Chef, und wahrscheinlich war es der Chef des Chefs wiederum mit seinem Chef, und wir hätten uns schön die Finger verbrannt.

Es war auch nur ein Italiener. Was liegt an einem toten italienischen Jungen in einem Krieg, in dem Millionen verrecken, einem Krieg, in dem die Mörder Orden bekommen, die Obermörder Karriere machen, die Hauptmörder durch die Wochenschauen laufen, durch die Illustrierten, und alle Backfische und geilen Schicksen sie bewundern und sich gern von ihnen ficken ließen, hätten sie Gelegenheit. Und nicht Backfische bloß haben sie bewundert, ernsthafte Männer, vierzig-, fünfzig-, sechzigjährige, Millionen!, und sie in ihren Heimatstädten empfangen, unter Triumphbögen, mit Musik, mit Blumen, Reden, Gelagen – UND JETZT IST ES JA SCHON BALD WIEDER SOWEIT.

Ich höre manchmal den Politikern zu, ich sitze am Radio und kriege Krämpfe, kriege Krämpfe, wenn ich höre, wie da drauflosgequatscht, wie ruchlos drauflosgequatscht wird. Vor ein paar Tagen kam ich ins Zimmer, das Radio lief, und ich hörte gerade, wie da einer ruft, Herr Kollege Blank, und warum denn neue

Bezeichnungen, warum denn Luftstreitkräfte, Heeresstreitkräfte, Seestreitkräfte, warum denn Streitkräfte, muß denn, und hier weinte die Stimme fast, muß denn immer gestritten werden, muß es denn immer Streit geben, geht es denn nicht auch anders, warum sagen wir denn nicht, schlicht und einfach, wie wir es gewohnt sind, Wehrmacht, Wehrsold, Wehrgeld, nicht wahr, schrie der Idiot, das sind gute alte Bezeichnungen, warum lassen wir es nicht dabei, immer neue Ausdrücke, es kennt sich ja schon keiner mehr aus vor neuen Ausdrücken! Na, und da war ich auch schon weg, schon wieder draußen, hatte ich die Nase schon voll. Daß sie diesen Kerl nicht gesteinigt haben! Warum Streitkräfte, muß denn immer gestritten werden, warum nicht schlicht und einfach wieder Wehrmacht! Allmächtiger!!

Doch es ändert sich nichts, nichts. Wenn es heute eine Änderung gibt, so nur eine zum Schlimmeren. Und dann hocken sie sich in die Maschinen und emigrieren und kämpfen über den ausländischen Rundfunk für die Befreiung, und wenn alles kaputtgeschlagen, alles befreit ist, kommen sie wieder, alle Vögel sind schon da, alle Vögel, alle, dann kommen sie wieder und werden Minister und Präsidenten, und das alte Spiel beginnt von neuem. Es ist zum Kotzen.

Nein, es ändert sich nichts. Guckt in die Zeitungen, die Kinos, die Wochenschauen, da zeigen sie Modepüppchen, eine Kaiserin mit dem Nerzmantel, den ihr Stalin geschenkt, chinesische Flüchtlinge, in Lumpen, Fetzen, verhungert, ausgebombt, da zeigen sie die tollsten Gegensätze, doch das Volk sitzt nur da, kauend, feixend, stur sitzt es da, es ist nur die Vorschau, der Film läuft gleich an. Nein, sie springen nicht auf, sie hauen nicht alles kaputt, die Leinwand, das Kino, dies ganze Staatstheater, nicht die Mächte, die die Welt kleinhalten, sie ausbeuten, die sie scheren und schlachten, nein, sie sitzen da, sitzen da, es ist erst die Vorschau, der Film läuft gleich an. Nichts läuft gleich an, ihr Esel, ihr Ochsen, es läuft, läuft längst, die Geschichte wiederholt sich, das Schröpfen, das Schinden, das Rad dreht sich, dreht sich rasend, und jeden Tag steht die Welt millionenmal still.

Was soll man tun? Was kann man glauben? Darf man hoffen? Ich weiß es nicht, ich nicht. Ich habe keine Lehre, keine Theorie, kein Programm, ich sehe keine Möglichkeiten, keinen Ausweg, sehe nur das Rad, das sich dreht, das sich dreht, das sich dreht. Vielleicht wenn ich die Augen zumachen, ein Leben lang die Augen zumachen würde, vielleicht wenn ich mir das Gehirn herausnehmen ließe und nur mit den Eingeweiden weiterlebte, vielleicht daß ich dann zufrieden wäre, den Sog nicht spürte, das Rad der Vernichtung, an das wir uns gekrallt halten und das wir treiben. Geben wir doch zu, daß wir alle nichts wissen, daß wir abgewirtschaftet, ausverkauft haben, fertig sind, bankrott, daß wir nichts gelernt haben aus der Geschichte und nichts lernen aus ihr. Was ist die Geschichte, die Weltgeschichte? Ein großer Kothaufen fehlgeschlagener Hoffnungen.

Vielleicht ist das die Sicht eines Gescheiterten. Doch die meisten Menschen sind gescheitert, auch wenn sie glauben, daß sie nicht gescheitert sind, sie sind es gerade, erst recht. Und immer noch besser zu scheitern, als nicht mehr zu leben. Also muß das doch einen Sinn haben? Nein, es hat keinen, ...be nicht, daß es einen Sinn hat, und niemand ... Wir können ihm einen Sinn geben, aber wer ... ob der Sinn, den wir ihm geben, der richtige Sinn ist, wenn wir nicht einmal wissen, ob es überhaupt einen hat? Der Sinn des Lebens sieht wie Unsinn aus, wenn man die Geschichte betrachtet, die Geschichte im Großen und die im Kleinen, die Geschichte der Völker und die der Familien. Doch selbst wenn unser Leben einen Sinn hätte: wer könnte sich anmaßen, unter all den Sinngebungen, die seit Jahrtausenden Menschen dem menschlichen Leben gaben, den einen, den wahren Sinn herauszufinden, und wer könnte sich anmaßen, diesen Sinn zu lehren?

Nein, es ist nicht wahrscheinlich, daß unser Leben einen Sinn hat. Aber es hat einen Wert. Und der Wert des Lebens ist das Leben selbst. Das klingt simpel, doch es ist so, ich weiß es, seit ich krank wurde. Ich habe gelernt, daß der Güter höchstes das Leben ist, und alles andre Phrasen, dumme Phrasen sind. Ich glaube, daß man schwach, sehr krank sein muß, um das Leben zu vergöttern, anzubeten. Der Gesunde schätzt das Leben nicht, er hat es; er steigt hinein jeden Tag, selbstverständlich, wie in seine Schuhe. Erst seit ich krank wurde, lernte ich das Leben wirklich achten, hochhalten, hing ich die Flinte an den Nagel, mordete ich nicht mehr. Ich sah die Welt voll Tod und wollte diesen Tod nicht vermehren. Ich wollte leben und dachte, daß auch jedes Tier das will, und ich glaube, daß dies richtig ist, daß mir niemand widersprechen wird, und ich glaube, daß wir kein Recht haben, die Tiere zu töten, es sei denn das Recht der Gewalt. Nein, ich mache da keinen so großen Unterschied, keinen so gewaltigen wie die Christen, die demütigen Christen, die so demütig sind, sich für das Ebenbild Gottes zu halten, das Ebenbild eines allgütigen, allweisen, allmächtigen Gottes, des Schöpfers von Himmel und Erde. Du lieber Gott, was für ein Gott das sein muß, wenn man ihn beurteilt nach seinen Ebenbildern! Nein, ich gab die Jagd auf, dies schäbige Abknallen hinter Büschen hervor oder von Bäumen, dies Morden ohne jedes Risiko, ohne Gefahr, doch voller Nimbus und Lüge und eingebildeter Sportlichkeit, Männlichkeit – Hege und Pflege! DAS EDLE WEIDWERK! Das Leben genießen, indem man tötet. Nein, ich gab das auf. Ich schäme mich, es so spät aufgegeben, es überhaupt begonnen zu haben! Und da ich dachte, daß jeder Fleischesser schlimmer als ein Jäger und schlimmer als ein Metzger ist, da ich dachte und heute noch denke, daß es nur Gedankenlosigkeit ist und Inkonsequenz und eine gemütsmuffige Verlogenheit, wenn sie sagen: nein, ich könnte kein Tier töten, keinem Tier was zuleide tun, wobei sie sich schütteln oft und entsetzte Augen drehen und sich den Bauch vollschlagen mit Fleisch, bis sie platzen, da ich dies dachte und denke, gab ich auch das Fleischessen eine Zeitlang auf, ich sah immer das Tier, biß ich in Fleisch, sah immer seine Augen, als es geschlachtet wurde, und dann aß ich es angeekelt, und auch heute, wenn ich Fleisch esse, tu ich's mit Widerwillen, aber ich kann nicht immer fleischlos leben, und doch könnte ich es öfter, viel öfter, ja, könnte ich es nicht überhaupt?

Ich verfolge diese Wandlung. Als es mir schlecht ging, ich immer an den Tod dachte, aß ich kein Fleisch. Meinetwegen sollte kein Tier sterben, das Leben verlieren, das Höchste, das es hier zu verlieren gibt. Dann, als es mir besser ging, begann ich wieder Fleisch zu essen. Und heute, wo es mir relativ gut geht, denke ich sogar, ob ich noch mal jagen könnte. Nein, ich werde es nicht mehr tun; nie mehr. Aber doch interessant: je gesünder ich wurde, desto öfter dachte ich wieder an die Jagd, nicht ans aufgegebene Töten, aber ans aufgegebene Draußensein. Und jetzt, seit Schnee liegt, denke ich manchmal daran, auf Sauen zu fährten. Es würde mir Spaß machen, wieder ein paar Saufährten im Schnee zu sehn, und wahrscheinlich würde ich ihnen nachgehn und mir zumindest vorstellen, wie es wäre, sie einzukreisen, sie in einer Dickung festzuhaben. Und vielleicht kriegte ich dann sogar Lust, sie zu jagen, Halali, Lust auf das Fieber, das die Jagd mit sich bringt, auf das Hornsignal, die Stimmen der Treiber, das Hundegebell, ach, diese Spannung, die an den Schnee, die Bäume sich hängt, an die Nerven, diese Spannung, die am größten ist in der kleinen Kugel in der Kammer. Aber geht es wirklich so um die Spannung auf der Jagd? Geht es nicht viel mehr um die Langeweile, die mit der Spannung totgeschlagen werden soll, um die Leere?

Doch das sind alte Dinge, schon Pascal hat das gewußt ... Wir suchen niemals die Sache, sondern das Suchen nach ihr ... Und die, die darob den Philosophen spielen und meinen, daß die Menschen sehr wenig vernünftig seien, wenn sie den Tag damit verbrächten, einen Hasen zu jagen, den sie nicht geschenkt haben möchten, die kennen kaum das menschliche Herz. Ja, hinter einem Hasen herzujagen, nannte das elende, das im Glauben gestrandete Genie sogar das Vergnügen der Könige.

Immerhin, habe ich richtig gesehn, ist die Lust am Töten eine gesunde, natürliche Sache, denn diese Lust verschwand, als ich krank wurde, schwach, ans Sterben dachte; da war es unerträglich für mich, selber zu töten. Doch als ich gesundete, kam diese Lust wieder, gedämpft zwar und zurückgehalten durch die Erfahrung, aber sie kam, und desto mehr, je gesünder ich wurde. Ich werde es nicht mehr tun, nein, doch darum geht es nicht; es geht darum, daß das Morden offenbar in der Natur des Menschen liegt, der Mensch offenbar von Natur böse ist, und unterstellt man, daß die Natur des Menschen das ist, was ihn treibt, ist klar, daß der Mensch böse bleiben wird.

Auch das ist nicht neu. Aber was kann man überhaupt sagen, das einer nicht schon gesagt hat? Ich stehe manchmal vor meinem Bücherschrank, starre auf die Bücherrücken, und da kommt es mir oft völlig idiotisch vor, auch nur noch eine Zeile zu schreiben. Doch vielleicht ist das bloß so, weil ich nicht schreiben kann. Und manchmal inspiriert mich auch der Bücherschrank, es regt mich zum Träumen, zum Nichtstun an; aber es sind nicht die Bücher, es ist das Glas. Ich sitze dann mit dem Rücken zum Fenster und seh das Fenster im Schrank gespiegelt. Heute mittag, als noch kein Sturm war, als die Sonne schien, golden auf die Schneeflächen am Berg, daß die Schatten der Apfelbäume sich weich und flaumig auf den Schnee legten und der Schatten eines Telegraphenmastes sich schräg auf den Schnee legte, auf das goldene Geblitze, Gegleiß, da sah ich das alles gespiegelt in meinem Bücherschrank, sah die roten Glutköpfe des Alpenveilchens und den schmalen Goldstreifen vorm Fensterbrett, ich sah dies und jenes vom Zimmer, sah mich selber auch, und dann versuchte ich in dem Gespiegel, diesem lackigen, Bücher zu erkennen, und einen Augenblick war ich da nicht verzweifelt, einen Augenblick vergaß ich, was mich verzweifelt macht.

Ich hockte oft lang schon vor diesem Bücherschrankspiegel. Manchmal lief ein Hund da, hoppelte ein Hase, manchmal schoß ein Flug Tauben wie ein blauer Emailblitz durchs Glas, dann sagte ich vielleicht zu meiner Frau, schau mal, da draußen ist was, und sie sagte, das siehst du im Bücherschrank, gelt, und dann sah ich weiter so hinein und hinaus und freute mich.

Im Sommer lag oft die Katze auf dem Fensterbrett, schlief, und ab und zu fiel die Sonne, die Nachmittagssonne, durch ihre Ohrmuschel, durch die kleine steife ziegelrote Ohrmuschel, die Flanke der Katze hob und senkte sich und schimmerte wie Schnee, die Sonne rückte tiefer ins Zimmer, sie streifte vielleicht einen Strauß gelber Mimosen oder stürzte in die aufgerissnen Kelche weißrandiger Tulpen, daß es wie Feuer auf den blassen Stielen brannte, und das alles stand still im Bücherschrank, das Fenster mit den grünen Feldern, der weich glänzende Katerrücken, die rotentzündeten Tulpen, und die Uhr ging, es war Nachmittag, und hin und wieder hörte ich die leisen Atemzüge des Hundes, der in einem Sonnenfleck am Boden lag und schlief.

Doch die Freuden werden immer seltener, je älter man wird. Und noch seltener werden die Spannungen, ich meine jene Spannungen, die man hat, wenn man eine Frau besucht, die man lange nicht besessen, doch bald besitzen wird. Ach, meine Reisen zu Lotte! Vor jeder Fahrt, wie war da stets die Spannung da, und wurde immer toller, unerträglich fast, saß ich im Zug. Ich hatte Lotte bei mir, der Film der Erinnerung lief, ich sah sie, sah sie unaufhörlich, und die Spule drehte sich, sauste, die Räder sangen, der Zug brauste durch Bayern, und die Donau, Lotte, ich hatte sie unter mir, über mir, habe sie gedreht, gewendet, im Gehirn gerast, Orgien, Orgien, und dann war es natürlich wie immer. Man wußte es, aber glaubte, diesmal, diesmal werde es anders sein; doch es war nie anders, und heute glaubt man's auch gar nicht mehr, weiß schon, nur so wie immer, nur so wie immer.

Bei Löns las ich, erst denkt man, daß man deswegen eigens nach Frankfurt am Main fahren müsse, und hinterher meint man, daß es eigentlich gar nicht nötig war. Ich fuhr nicht nach Frankfurt, ich fuhr zu Lotte nach Passau. Doch vorher traf ich sie auf der Hütte, über zwei Jahre auf der Hütte, und diese ganze Geschichte stand in meinem Gesicht, als ich heute in den Spiegel sah. Lotte hat mich mitgezeichnet, ich nenne sie jetzt gern ein Hürchen, aber einmal hab ich sie geliebt, gewiß geliebt, und doch ist sie heute manchmal ein Hürchen, ein elendes Hürchen für mich. Vielleicht wird sie wieder meine Jugendliebe, meine große Jugendliebe, doch jetzt ist sie nur ein Hürchen für mich und eine Frau, die schon alt wird, eine Frau, die mich nicht mehr reizen könnte, wäre ich nicht besoffen oder ausgehungert oder was weiß ich.

Damals aber kam sie auf die Hütte und es war eine romantische Zeit, eine Zeit voller Jungsein, das Ende meiner Jugend. Als Lotte fortging, begann ich ein Mann zu werden, gewiß ein jämmerlicher Mann, aber eben doch ein Mann, und vielleicht sind die meisten Männer jämmerliche Männer, ja sicher sind sie es, denn wären sie es nicht, sähe die Welt anders aus, es sei denn, die Frauen machten die Geschichte, doch die machen sie nicht mehr und noch nicht, ich hoffe sehr, sie machen sie wieder, trotz Lotte und der andern, die mich ruinierten, die ich ruinierte. Lotte war ein paar Jahre älter und verheiratet, ihr Mann aber steckte noch in Gefangenschaft, und sie saß in Rüdern, einem Örtchen mit zweihundert Leuten, und onanierte. Sie hatte einen jener schönen blonden lamettageschmückten Germanen geheiratet, hinter denen kurz zuvor die deutschen Weiber von vierzehn bis vierzig her waren, doch Lotte hatte ihn nur des Kindes wegen genommen, ja erzählte, daß sie noch am Hochzeitsmorgen nicht entschlossen, noch im Standesamt fast fortgelaufen war.

Als ich sie kennenlernte, sah sie verkommen aus; sie gefiel mir nicht. Beim zweitenmal aber verliebte ich mich, und dann trafen wir uns auf der Hütte, mehr als zwei Jahre auf der Hütte, auf halbem Weg zwischen unsren Dörfern, und von meinem Dorf bis zu ihrem Dorf, Kilometer um Kilometer, hügelauf und hügelab, stand der Wald, der Wald stand da, im Sommer grün und dick, voller Gerüche, rote Rehe zogen darin, und Ringeltauben ruckten dunkel und verhurt, im Mai rief der Kuckuck und sein Ruf flog wie ein Ball, ein blauer Ball in den Morgen, Falter durchgaukelten wie Blätter die Blößen, über den Fichten dehnten sich die Schreie des Bussards in der Sonne, Dickungen voller Bienen- und Hummelgebrumm, Waldwiesen, lang und schlank, mit den staniolenen Stegen der Wolken darüber, und kleine Weiher mit Abendhimmel im Gesicht, die Bauchreden der Frösche drehten sich im Juni dort wie Räder immer um sich selbst, und das Schilf dämmerte in ihr Geplärr, der Mond kreiste herauf, Mond rund und rot wie ein Lampion im Osten, Mond wie ein goldnes Rad im Birkengeäst, es gab den Türkenmond und den Dreiviertelmond, und den Nachtwind, der leise durch das Gras trieb, den feuchten wilden Geruch der Erlen und das Verglühen eines Ginsterbusches am Berg, es gab den Schein der Abendsonne auf vergrasten Höhenwegen, und Kiefernstämme, die wie Storchenbeine in den Morgen stiegen, Tannen auch im Eisglanz einer Winternacht, nackte Buchen voller Reif und Sterne, ja, von meinem Dorf bis zu ihrem Dorf, Kilometer um Kilometer, hügelauf und hügelab, stand der Wald.

Wir trafen uns meist in der Nacht. Sie lebte bei ihrem Vater, sie stieg in der Nacht durchs Fenster, durchs Küchenfenster, und dann lief sie durch den Wald. Anfangs holte ich sie ab, später kam sie allein, sie ging sechs Kilometer allein, und nach Mitternacht ging sie wieder zurück. Es war viel Schönes in dieser Liebe, viele Gänge durch den Wald, zu allen Tages- und Nachtzeiten, allen Jahreszeiten, mit und ohne Hunde, allein, zu zweien, viel Erwartung, Geilheit,

Gier, viel Sehnsucht, es waren wunderbare Stunden auf der Hütte, doch es gab auch Gemeinheit dabei.

Ich erinnere mich an unseren ersten längeren Aufenthalt. Es war im Winter nach dem Kriegsende. Sie kam damals im Morgengrauen, ich war ihr entgegengegangen bis zu der alten Bildeiche, ich wartete und es regnete, goß in Strömen, endlich hörte ich sie hupen, lang und sehnsüchtig hupen, ich hupte wieder, und so hupten wir uns ein paarmal zu, bis sie kam, durch die Dunkelheit, die Dämmerung, durch den Dezemberdunst, eingehüllt in eine Pelerine, eine Kapuze auf dem Kopf, wie ein großer Zwerg, der Regen troff von ihr, rann vom Umhang, von der Nase, und unter dem Umhang hielt sie ein Paket, das Weihnachtspaket für ihren Mann, ein Geschenk ihres Vaters, doch sie dachte nicht daran, es abzuschicken, wir waren drei Wochen auf der Hütte, wir fraßen es auf, und er saß im Lager mit nichts. Und einmal besuchte sie ihn. Sie stand am Zaun, an einem hohen Drahtzaun, drüben ihr Mann, und ich ging hundert Meter davon auf und ab und sah zu. Nach zehn Minuten aber kam sie wieder, eilig und so geil, daß ich sie noch im Zug befriedigen mußte.

Ich erinnere mich auch der Tage, da ihr Vater starb. Sie wohnte schon in Passau und schaute, als sie herfuhr, erst bei uns herein, ziemlich bedürftig, aber wir hatten Besuch, das Haus voller Leute, ich hatte auch gar nicht daran gedacht, schließlich war ihr Vater gestorben, und wenn sie ihn auch nur Max genannt, irgendwie hing sie an ihm, doch sie konnte nicht warten, wir gingen aus dem Haus und hundert Schritte den Berg hinauf und hinterm ersten Busch taten wir's wie die Hunde. Dann sagte sie, ihr Höschen hochziehend, ich schäme mich ja so, schäme mich so, war aber sehr zufrieden.

Später fuhren wir zu dem Toten. Sie hatten ihm einen Rosenkranz in die Hände gezwängt und die Hände über der Forstuniform gefaltet, es sah erbärmlich aus. Seit Jahrzehnten war er in keine Kirche gegangen, nur manchmal an Weihnachten noch, es muß ein Gemütsmuff gewesen sein, und er lag kläglich da mit dem Rosenkranz im Sarg, es war eine Vergewaltigung, war Leichenschändung, einer der erbärmlichsten Anblicke meines Lebens. Während der Beerdigung aber in der Stadt, stand Lotte auf der einen Seite des Grabes, ich auf der andern, und sie hat mit mir kokettiert, sie hat versucht, während einer Menge Reden, über das offene Grab ihres Vaters zu flirten, so auffällig, daß es alle merken mußten, und ich habe mich geschämt. Ich stauchte sie zusammen danach, zankte, und am Abend in einem Konzert, einem Beethovenkonzert, da weinte sie, weinte so sehr, daß die Leute sich umsahen, und von da an ging es auseinander.

Es kam ein Mittag auf der Hütte, den ich nicht vergesse. Wir waren am Morgen weit gegangen, auf eine andre Jagdhütte, zu einem Förster und Filou, einem Ururenkel Jean Pauls, um ein Gewehr zu holen, heimlich, denn damals durfte man ja kein Gewehr besitzen; und weil es eingegraben und verrostet war, wollte ich es reinigen. Es war Sonntag, da wanderten ab und zu Leute vorbei, selten zwar, oft wochenlang nicht, aber manchmal eben doch, deshalb sagte ich, mach den Laden zu, nicht daß mir einer den

Kopf reinstreckt, wenn ich gerade die Knarre da habe, sie sagte, ach, hast du Angst, ist ja gar niemand da, ach was, sagte ich, Angst, mach den Laden zu, ich hab keine Lust, mich schnappen zu lassen, du hast ja doch Angst, sagte sie, und so ging's eine Weile hin und her und zuletzt hatten wir uns gepackt, umkrallt, sie schlug mit Armen und Beinen, sie kratzte mich im Gesicht, am Hals, sie spuckte, trat mir in den Bauch, sie keuchte, schimpfte, und ich war wütend und wurde kaum fertig mit ihr, bis ich sie endlich an den Haaren packte, an den Haaren vor die Hütte schleifte und die Tür hinter ihr zuknallte, doch da kam ihr Finger in die Tür, sie schrie auau, mein Finger, Paul, mein Finger ist in der Tür, und ich stieß die Tür wieder auf, und da kam sie, gleich, völlig fertig, erschöpft, sank auf den Boden, vor mir auf den Boden nieder, umklammerte meine Knie, stöhnte, weinte, oh das, schluchzte sie, das, daß das geschehen ist, und da ging es immer weiter auseinander.

Ich glaube, sie rächte sich dann, machte mich eifersüchtig, wahnsinnig eifersüchtig, vielleicht hatte sie auch wirklich einen andern, in Passau einen andern, und es kam die Nacht, wo ich dort auf ihrem Fußabstreifer lag. Ich muß von Sinnen, muß besoffen gewesen sein, doch es war nur Eitelkeit, verletzter Stolz, Besitzgier, ach, ich hätte sie nie geheiratet, nie, und hätte ich mich in eine andre verguckt, hätte ich sie betrogen und stehngelassen, klar. Aber es war umgekehrt, sie gab mir den Laufpaß, den Tritt, und natürlich ist sie nur deshalb ein elendes Hürchen für mich, denn wir hatten viele schöne Stunden, zauberhafte Stunden zusammen, Stunden, mit denen alles, was jung gewesen an mir, dahingegangen ist.

Lotte war klug, charmant, sie hatte Temperament, sie war musisch, auf dem Land aufgewachsen und im Wald daheim wie ich, man konnte alles mit ihr tun, sie hat mich sogar zum Wildern verführt. Ja, ich habe damals eine Maske getragen, eine grüne Seidenmaske, und bin so über die Grenze gegangen, ich habe meinen besten Bock mit Lotte gewildert, kilometerweit jenseits der Grenze, und ich sah auch das in meinem Gesicht, wie ich als Räuber durch die fremden Jagden schlich, in fremden Dickungen hockte und die fremden Böcke schoß. Ich habe mehr als ein Dutzend Böcke gewildert, und es hat mir Spaß gemacht, großen Spaß, es war eine tolle, eine prikkelnde Zeit, tagsüber saß ich daheim bei meinen Büchern, bei Schopenhauer und Nietzsche, bei Seuse, Pascal, Kant oder Kierkegaard, am Abend aber, am frühen Morgen und bei Vollmond war ich draußen über der Grenze, mit der Maske, der gespannten Büchse im Arm, ach, eine tolle, eine aufregende Zeit, nur zuletzt haben meine Nerven versagt und ich gab auf.

Zwei Sommer lang habe ich gewildert, zwei unvergeßliche Sommer lang, und begonnen hat es im zweiten Nachkriegsjahr. Es war ein dürres, trocknes Jahr, die Gründe waren braun und wie verbrannt, doch Lotte kannte eine Wiese in der Nachbarjagd, einen grünen Kleezwickel im Wald, und dort saßen wir am Abend am Dickungsrand, unter den Zweigen, stumm nebeneinander saßen wir, und rechts von mir lag das Gewehr. Hinter uns und jenseits des schmalen Grunds stieg steil der Wald auf, Kiefern im blauen

Himmel, und als es dunkelte, kamen die Rehe, viele Rehe, sie ästen vor uns, und ich schoß spät einen Bock, ich schleppte ihn auf die Hütte, wir stolperten durch die Nacht, den Wald, über Berg und Tal, Lotte voraus mit der Spritze in der Hand, und ich sagte, nie wieder, nie mehr wieder, und vor allem nie mehr dort. Doch am übernächsten Tag schon lauerten wir am selben Platz, und wir saßen kaum, da mäuselte ich einen Fuchs bis auf zwei Schritte vor unsre Füße, einen alten Fuchs, und selbst Lotte hatte noch nie so nah einen Fuchs gesehn und strahlte. Dann wurde es Abend wieder, die Rehe traten aus, und als es schon ziemlich dämmerte, stand auf fünfzehn Meter ein Bock vor mir, nur durchs Glas konnte ich ahnen, daß es ein starker Bock war, aber ich war unsicher und zögerte, sah Lotte an, den Bock, jeden Augenblick wuchs die Dunkelheit im Wieseneck, da nahm ich Druckpunkt, bog den Finger, der Schuß rollte durchs Tal, zerriß wild die Stille, und ich rannte in die Wiese, die Rehe stoben davon, doch mein Bock lag da, ich schleifte ihn zum Wald, und Lotte langte in der Dunkelheit nach dem Gehörn und sagte, schau mal, was der für ein Gehörn hat, was der für dicke Stangen hat, und die Enden!, und ich zischelte, bist du verrückt, laß das, schau, daß wir weiterkommen, aber sie griff wieder ans Gehörn, schau doch, eiferte sie, schau doch, es ist der beste Bock, den du geschossen hast, und ich zankte, du dumme Gans, wir müssen abhaun, weg, wir stritten uns da leis über dem gewilderten Stück, und dann zogen wir wieder los, strauchelten lang durch die fremde Jagd, den Wald, durch die Dunkelheit, der Schweiß rann mir am ganzen Körper, mein Rücken dampfte von dem warmen Tier, und irgendwo schrie die Eule, die Eule schrie und schrie.

Die meisten Böcke, die ich gewildert, habe ich allein erlegt, nur bei den ersten war Lotte dabei. Später bin ich oft leichtsinnig, schrecklich leichtsinnig gewesen, bin am hellichten Morgen noch durch die Sommerwiesen gepirscht, mit meiner grünen Maske durch die Gründe, und ich schoß einmal erst um sechs, halbsieben einen Bock dort, als er in den Wald einzog. Ich hatte ihn zweimal gefehlt, dann riß mir der Rucksackriemen, es war ein Prügelbock, und ich zerrte ihn wieder durchs fremde Revier, bis auf die Hütte schleifte ich ihn, und wich dabei einem Holzfuhrwerk aus, das schon wieder heimfuhr. Ich habe gewildert, ich bin ein Wilderer gewesen, nur zwei Sommer lang, und es war eine schöne, eine aufregende, ach, nie wiederkehrende Zeit, obwohl ich weißgott nicht mutig war, nein, ich wußte ja, daß kein Deutscher Waffen haben durfte, kein Nachbar mich so leicht erschießen konnte, es war eine Aufregung ohne Gefahr, doch ich gab auf, weil sogar da meine Nerven versagten.

Ich bin ein alter Versager. Ich bin wie eine Patrone, die nicht losgegangen ist. Ich habe mich selbst in den Lauf gesteckt, ich sah durch den Lauf, und der Lauf glitzerte und glitzerte, ich sah die Züge, durch die ich mich schrauben, die ich durchjagen wollte, ich lag im Patronenlager und sah in der Ferne das Ziel, durch die schimmernden, sich drehenden Züge hindurch sah ich das Ziel, das kleine leuchtende, taghelle Ziel, doch ich schoß nicht, ich lag im Patronenlager, liege noch dort, und eine Patrone, die so lang nicht losgegangen, geht schwerlich noch los, wenn kein Wunder geschieht, geht sie nicht mehr los, und ich glaube nicht an Wunder, nicht einmal an ein Wunder in meinem Fall.

Bin ich ein Fall? Ich bin ein Fall, ein pathologischer, hysterischer, ein hoffnungsloser Fall. Ich hatte mit dreißig Jahren einen Nervenzusammenbruch, weil ich wußte, daß ich versagt hatte, weil ich ahnte, daß ich immer versagen würde, daß ich keiner Aufgabe gewachsen war, keinem Werk, daß ich stets bloß anstaunen, angaffen würde, was andere geleistet, daß ich vom Genie der andern leben, über andre sprechen mußte, die etwas geschaffen, ihre Bücher geschrieben, daß ich sie interpretieren konnte, ein Schmarotzer, Parasit, ein kleiner Idiot am Vortragspult, mit einem schäbigen Honorar, ohne Namen, ohne Bedeutung, ein Mann, der am nächsten Tag eine Notiz in irgendeinem Boten, irgendeinem Winkelblatt bekam, zwischen den Eierpreisen und einem Fahrradunfall, ach du liebe Güte, und ich habe es ja nicht besser verdient. Warum schrie ich nicht alles in die Welt hinaus, allen Dreck in mir und allen Dreck um mich, und der Dreck um mich war natürlich meist der, den ich aus mir herausgewürgt, warum habe ich nicht alles in die Welt posaunt, rücksichtslos, hemmungslos, warum hab ich sie nicht vollgeschrien, schaut her, das bin ich, schaut her, so lebe ich, ihr sagt, das geht euch nichts an, wie du lebst, wie du nicht fertig wirst mit dem Leben, wie du scheiterst, es zu nichts bringst, nicht einmal einen ordentlichen Beruf hast, wie du die Menschen behandelst, die mit dir leben, so, das geht euch nichts an, oh, das geht euch sehr viel an, ihr seid nicht anders, seid genauso, seid die gleichen Nieten, gleichen Versager, schaut mich nur an, das ist nicht bloß meine Situation, ist die auch von euch, von jedem, der einmal Ambitionen gehabt, und wer keine Ambitionen hatte, ist kein Mensch, denn wir sind mit dem Fluch auf die Welt gekommen, Ambitionen zu haben, man hat es uns eingetrichtert, wir hörten es, wir lasen es, sind von Grund auf verdorben, von Grund auf, wir müßten erzogen werden zum Leben, aber zum Leben um des Lebens willen, ohne Hirngespinste, Chimären, ohne faule Ideale, doch wir sind verdorben, mit Hoffnungen gefüttert von Leuten, die schon lang keine Hoffnungen mehr hatten, die wußten, daß auch wir einst keine haben werden, oh, warum habe ich es nicht hinausgeschrien, laut, laut, wie ein Ertrinkender schreit, ohne Gedanken, ohne Überlegung, warum habe ich nicht einfach nur geschrien, geschrien, geschrien.

Nein, ich habe gelesen, ich habe nach Vorbildern geschielt, habe nach Stil gesucht, nach Bildern, nach Geist, nach Bonmots, nach Scheiße, ich habe mich ganz zugedeckt mit andern Gedanken, andern Gefühlen, mit fremden Bildern, ich bin nicht mehr ich selbst, bin ein Produkt meiner Lektüre, ein Mensch, der aus ein paar tausend Büchern besteht, aus guten Büchern, den besten, ja, aber ich bin nicht ich, ich glaube, die wenigsten Menschen sind ihr Ich, die meisten sind ein Produkt von anderen Ichen, die stärker waren als sie und an denen sie zerbrechen, wenn sie beginnen, Vergleiche anzustellen, wenn sie nicht den Kopf in den Sand stecken, in einen Frauenrock, ein Bankkonto, in die Politik. Ich habe nach Stoff gesucht, nach einem Konflikt, einem Symbol, habe ein Zeitmotiv gesucht, eine Form, einen Ausdruck, ich habe gesucht in den Werken von andern, habe nicht gewußt, daß meine Form nur ich hätte sein können und mein Stil nur ich und mein Stoff nur ich, ich habe mich gesträubt, es zu glauben, weil dieses Ich ja nichts war, weil es privat war, nicht überpersönlich, nicht verbindlich, weil es keine Geltung beanspruchen konnte, ich habe nicht an dieses gottverdammte, gottverfluchte Ich geglaubt. Ich habe mich verdorben, ich habe in den Gedankenwelten von andern gelebt, in den Ausdruckswelten von andern, aber meine Welt war nicht die der andern, keines Menschen Welt ist genau die der andern, und so ist der Konflikt gekommen, so sind die Neurosen gekommen, so kam die Unfähigkeit. Doch vielleicht sind das nur Ausreden, billige Entschuldigungen, vielleicht fehlt es mir bloß an der Begabung, der Virtuosität, vielleicht kann ich nur nicht jonglieren, und ich kann es tatsächlich nicht, kann mich nicht hineinversetzen in die Welt eines andern, und wenn ich es versuche und wenn ich es darstelle, dann spüre ich, daß es unecht, unwahr ist, und gegen nichts bin ich empfindlicher als gegen das Unechte, das Unwahre.

Aber ist denn Echtheit ein Kriterium für Kunst? Ich habe immer gemeint, die Sprache mache den Dichter, und wenn ich geschrieben, habe ich immer nur auf die Sprache gesehn, und vor lauter Sehen aufs Wie, bin ich zu keinem Was gekommen, ich bin zu nichts gekommen, bin zu ein paar geschwollenen, unechten, experimentellen Seiten gekommen, Seiten, wobei ich aufs Wort geschaut, um Kunst zu machen, anstatt daß ich in mich gesehen und blind geschrieben, gerast hätte. Oh, wir leben verkehrt. Wir sterben und sind kaum wir selbst gewesen. Keinen einzigen Tag, vielleicht keine einzige Stunde unsres Lebens sind wir ganz wir selbst. Der Mensch ist eine Maschine, eine Maschine mit Bewußtsein, doch ohne freien Willen, er ist die unglückliche Maschine und er träumt, er sei frei. Ich glaube, Spinoza war es, oder war es Schopenhauer, der schrieb, hätte ein Stein, den man wirft, während der kurzen Spanne seines Flugs Bewußtsein, würde er auch denken: wie fliege ich doch so herrlich frei dahin. Nein, die meisten Menschen leben nicht ihr Ich, sie tanzen nach einer Pfeife, wie immer sie sich drehn. Der Mensch ist ein lächerliches Geschöpf, das menschliche Leben ist nicht nur tragisch, es ist auch lächerlich, und wenn es nicht so tragisch wäre, wäre es bloß lächerlich, ginge es nicht so traurig zu auf der Welt, könnte man sich zu Tod lachen, wahrhaftig, man könnte sich totlachen.

Heute mittag habe ich Pferde gesehn, zwei Pferde, von meinem Schreibtisch aus, sie standen zwei Stunden vor dem Wirtshaus und warteten, standen immer auf demselben Fleck und rührten sich nicht, nur manchmal wandten sie die Köpfe zueinander und leckten sich. Ja, zwei Pferde, und sie verhielten sich so ruhig und so vernünftig wie alle Pferde. Denn nur der Mensch führt sich meistens idiotisch auf, das ganze Leben idiotisch auf, und oft ist er der größte Idiot, wenn er sich am ernsthaftesten benimmt.

Ich erninnere mich an meine Rekrutenzeit, eine scheußliche Zeit, eine häßliche Zeit, eine widerliche Zeit – daß die Menschheit Rekruten braucht, Menschen, die zum Totschießen anderer Menschen erzogen werden, ist ein großes Armutszeugnis für sie, Soldaten sind eine unsterbliche Schande für die Menschheit, eine unsterbliche Schande, das wurde mir schon in meiner Rekrutenzeit klar, und wenig in meinem Leben ist mir so klargeworden und klar geblieben wie das. Ja, meine Rekrutenzeit, eine greuliche Zeit, doch wie fertig wir auch waren, nach jedem Zapfenstreich hat die ganze Bude Schweinereien erzählt, einer hat gewöhnlich erzählt, und alles andre vermutlich lustig drauflosonaniert. Ich sage vermutlich, und habe es vermutlich nicht allein vermutet, denn hätten wir sonst mindestens einmal jede Woche Schwanzparade gehabt!? Das ist ein Ding, das in keinem Konversationslexikon steht, ein Ding, von dem sich unsere Schulweisheit nichts hatte träumen lassen, eine Parade, die man auch nie in den Wochenschauen sah, und wäre doch eine so einmalige Parade gewesen. Aber man hat es der Öffentlichkeit vorenthalten, den Frauen, den Mädchen, nur uns damals nicht. Vor dem Wecken, kurz vor dem normalen Wecken, riß ein Ausbilder die Stubentür auf, machte Licht, schrie: Aufstehn, Schwanzparade!, und dann stand jeder von uns im Hemd, in dem kurzen stinkigen Soldatenhemd, vor seiner Falle, präsentierte seinen Prengel dem Gefreiten, der befriedigt war oder rief, Sie Schwein, wieder gewichst heute nacht, und dann gab's irgendeinen Extradienst.

Das also war die Schwanzparade, lange nicht so zackig wie die übrigen Paraden, lange nicht so eindrucksvoll, aber doch nicht ganz uninteressant. Und man kann es wiederhaben, wird es wiederhaben, warum denn Streitkräfte, warum denn Streitkraft, warum nicht schlicht und einfach, wie wir es gewohnt sind, wieder Wehrmacht! Aber nur nicht daran denken, nur nicht daran. Doch schon fällt mir das andre Breimaul ein, das sich in diesem hohen Hause gegen die Ohne-michler wandte, nicht gegen die Ohnemichler aus Gewissensnot, sondern gegen jene, die das Breimaul in Verdacht hatte, daß sie sagen: alles vom Staat, nichts für den Staat. Aber was gibt uns denn der Staat? Er gibt uns Soldaten und die Aussicht auf einen baldigen Krieg, das gibt uns der Staat. Hört doch mit diesem Staat auf, solang darin Menschen hungern und frieren und ihr schon wieder Kanonen baut, hört doch mit diesem Staat auf, hört doch mit diesen Reden auf, um Himmels willen, hört doch bloß mit diesen Phrasen auf, sprecht doch nicht mehr von Sozialismus, von Freiheit, von Frieden, haltet endlich euer gottverfluchtes Maul, man erbricht sich ja bei euren Reden, seht ihr denn nicht, daß sich die halbe Nation erbricht, während ihr ins Mikrophon posaunt und eure Diäten einstreicht, immer höhere, immer mehr. Gebt doch zu, daß ihr nicht weiter wißt, daß euch nur ein neuer Massentotschlag retten kann, daß dann wieder ein Wirtschaftswunder kommen wird, noch herrlicher, strahlender, noch kürzer als das letzte, vorausgesetzt daß dann noch jemand da ist, der sich wundern kann.

Manchmal fahre ich mit den Bonzenzügen, ich fahre darin, weil ich es bezahlt bekomme. Ich fahre im Domspatz, im Blauen Enzian, im Rheingold, Senator, Sachsenroß, Helvetia-Expreß, ich sitze zwischen den Bonzen, den Kaufmannsfritzen und den Parteilern, zwischen den Männern mit den dicken Brieftaschen an den Ärschen und den fetten Gesichtern und den feisten Fingern, ich sitze zwischen Fett und Geld, sitze da in meiner schäbigen dünnen Hose, meiner Reisehose, die an den Taschen schon speckig wird, sitze da in meiner Weste, und hinter mir hängt auf einem Bügel mein Anzug, mein guter Anzug, den ich am Abend zum Vortrag anziehe, den ich nicht versitzen darf, und ich sehe sie nach mir schielen und nach meinem Anzug, der vom Kleiderbügel baumelt, meinem guten Anzug, der natürlich lange nicht so gut ist wie ihre Anzüge, die sie an den Ärschen zerdrücken, denn es spielt keine Rolle bei ihnen, sie werden sie wechseln, wenn sie ankommen, ja, ich errate ihre Gedanken, seh ich sie so schielen, ich brauche kein Hellseher zu sein, und ich seh sie in den Speisewagen walzen, sehe sie aussteigen, der Chauffeur steht schon auf dem Bahnsteig und zieht die Mütze und greift nach der Aktentasche, aber warum sage ich das denn, weil ich unzufrieden bin, neidisch, vielleicht, vielleicht. Doch es ist nicht nur das, nein. Ich denke an Leute, die anders fahren, zusammengepfercht, in Zügen, wo es nach Schweiß, nach Angst, nach Armut stinkt, ich denke an Menschen, die überhaupt nicht fahren, weil sie einfach kein Geld haben, an Menschen, die sich im Jahr eine einzige Fahrt leisten können, obwohl sie voller Sehnsucht sind, Heimweh, voller Sorge um irgend jemand, den sie nicht erreichen, ich denke an Menschen im Ausland, in Übersee, die alle zehn Jahre nach Hause kommen oder nie, die ihr ganzes Leben nicht heimkommen können, weil das Geld fehlt.

Daran denke ich, wenn ich bei den Fettwänsten in den Luxuszügen sitze, und es wird mir oft speiübel und manchen Gesichtern könnte ich stundenlang in die Fresse treten. Doch was hilft das, nützt das, soll das alles, es ist nur ein Aspekt, ein Aspekt unter Aspekten, unter Tausenden von Aspekten. Aber es gibt immer bloß Aspekte, gibt immer bloß eine Philosophie des Aspekts, und alles andere ist verlogen, alles andre falsch, alle Verallgemeinerungen, alle Systematik, nur nicht die Verallgemeinerung des Elends, ja, das Elend ist allgemein, und deshalb ist der Aspekt des Elends ein universaler Aspekt, und wer das nicht zugeben will, ist ein Tropf, ein elender Tropf. Doch vielleicht ist auch das nicht wahr, denn es ist eine Verabsolutierung, und alle Verabsolutierungen sind nicht wahr, also ist auch das nicht wahr, aber wenn es auch nicht wahr ist, ist es doch am wahrscheinlichsten.

Man weiß ja nicht, was wahr ist, falls es überhaupt etwas Wahres gibt auf der Welt. Und die Leute, die es wissen, es um jeden Preis wissen wollen, die behaupten, daß sie es wissen, es beschwören, die dafür sterben, die wissen oft am wenigsten. Denn die klammern sich an diese Wahrheit, blind, mit geschlossnen Augen, zugestopften Ohren, mit kaltgestellten Eingeweiden klammern sie sich daran und brüllen laut, laut brüllen sie, das ist wahr, das ist wahr, ich glaube, daß das wahr ist, ich weiß es, sie brüllen es jahrelang, ein Leben lang, sie brüllen, ich will nichts andres wissen, brauche nichts andres zu wissen, ich weiß, das ist wahr, ich glaube es, glaube es, ja ja ja, ich glaube es, und das sind dann die glücklichen Idioten. Sind sie glücklich? Sind sie Idioten? Ich weiß es nicht, weiß auch das nicht. Es gibt nur Annahmen, Meinungen, gibt nur Gesichtspunkte, Richtlinien, Hypothesen.

Und es gibt den Glauben, sagt ihr, den Glauben. Natürlich gibt es den Glauben, ruft nur, ruft nur, daß es den Glauben gibt, aber der Glaube ist auch bloß eine Vermutung, eine Vermutung, die man sich suggerieren kann, mit großer Kraft suggerieren kann, aus Schwäche, aus Verzweiflung, Dummheit, aus »Demut«, »Ehrfurcht«, »Kraft«, doch auch der Glaube ist nur eine Vermutung unter anderen Vermutungen, und selbst wenn ihr von eurem Glauben überzeugt seid, blindlings überzeugt, er bleibt eine Vermutung, und niemand weiß, ob dieser Vermutung etwas entspricht. Woher ich das weiß? Es ist meine Vermutung, meine Vermutung unter den andren Vermutungen, und ich weiß es so sicher, wie andre das Gegenteil wissen, also ist es richtig, oder vielleicht nicht? Es ist richtig, absolut richtig, weil es vielleicht, vielleicht absolut falsch ist, so falsch wie alles übrige.

Aber das ist Unsinn, so gut Unsinn wie fast alles, was man schrieb: denn wir wissen nichts. Wüßten wir, wir schrieben nicht, wahrhaftig, schrieben nicht, alles, was geschrieben wurde, wurde aus Unwissen geschrieben, aus der Qual des Unwissens, alle Bibliotheken der Welt sind die Summe des Unwissens der Menschheit, und je besser ein Buch, um so mehr ist es aus der Qual des Nichtwissens geschrieben, denn nur die Flachköpfe, die Hohlköpfe, bloß die Idioten meinen, sie wüßten. Je heller ein Geist brennt, desto mehr verdunkelt sich um ihn die Welt. Oder ist es nicht wahr, daß alle Philosophen die Welt dunkler gemacht? Wer das Gegenteil behauptet, kann nur ein Philosoph sein. Und was dunkel war, ist durch sie nie hell geworden. Zu allen Zeiten haben die Menschen darüber nachgedacht, haben sie sich den Kopf zerbrochen, was ihr Unglück sei, in jedem Jahrhundert, in jeder Generation haben sie andre Gründe für ihr Unglück genannt, bloß ans Denken haben sie selten gedacht, erst seit Friedrich gedacht, seit Friedrich dem Großen (nicht der alte Fritz, Anmerkung für Esel), denn das Denken war ihr Unglück, das Denken war es, das Denken.

Natürlich kann man auch das Gegenteil behaupten. Man kann von allem das Gegenteil behaupten, und das ist ja gerade das Unglück des Denkens, oder ist es vielleicht sein Glück? Wäre ein eindeutiges Denken, ein für allemal festgelegtes Denken, ein Unglück für den Menschen? Dann müßte sein Glück in der Zweideutigkeit liegen. Doch das Denken ist ja nicht nur zweideutig. Ja, wenn man sich bloß zwischen ja und nein, rechts und links, weiß und schwarz zu entscheiden hätte! Aber Denken ist nicht zweideutig, ist unendlich-deutig, so xdeutig, daß es auf gar nichts mehr deutet oder alles, auf ein Chaos, ein Gebirg von Hieroglyphen, einen Wald von Problemen, von Theorien, von Moralen, Religionen, Parteien, Sekten. Wir haben uns verirrt, in uns selbst verirrt, auf eine schreckliche Weise, wir haben uns in den Labyrinthen unseres Gehirns verlaufen, wir gehen an uns selbst zugrund.

Meine Gedanken bringen mich um, schrieb Nietzsche an Peter Gast, oder meine Gedanken fressen mich auf, egal. Es ist traurig, das Dasein ist traurig, es ist herrlich, rief Rilke, Hiersein ist herrlich, doch er rief es nur, weil er verzweifelt war. Oder vielleicht war er nicht verzweifelt, vielleicht hat er sich mit Erfolg suggeriert, daß er nicht verzweifelt war, ich kann es mir nicht suggerieren, so oft ich anfange zu denken, verzweifele ich, vermutlich richtet sich mein Denken nach der Verzweiflung aus, ist die Verzweiflung der Pol, auf den sich die Magnetnadel meines Kopfes einstellt, sobald das Gehirn in Aktion tritt. Und das Gehirn tritt immer in Aktion, es ruht nicht mehr. Meine Gedanken laufen mir davon, rief ich dem Arzt zu, da, in diesem Zimmer, ich denke immerzu, habe ich gesagt, ich kann nicht aufhören, es nicht zum Stillstand bringen, nein, noch heute nicht, selbst wenn das Geschlecht agiert, das Denken ruht nicht, macht keine Augen zu, es schlägt sie auf nachher, riesengroß auf, und schaut in Nichts, schaut weitaufgerissen in ein weitaufgerissenes Nichts. Ein paar Minuten, paar Sekunden, hat das Zucken des Geschlechts versucht, das Gehirn zu ignorieren, in einer lächerlichen, einer lächerlich schwächlichen Weise versucht, den Mechanismus des Gehirns auszuschalten, hat ihn aber gehemmt nur, flüchtig gehemmt, um ihm desto größren Schwung zu geben, den Pendelschwung zum Unglück, den Dreh in die Verzweiflung, den Kreiseltanz ins Nichts. Denken ist ein Spießrutenlaufen zwischen sich selbst, überall wo das Denken ehrlich ist, muß es den Menschen zugrunderichten, heute muß es ihn zugrunderichten, früher mag es ihn zu Gott erhoben haben oder zu den Göttern, heute sind die Götter tot und Gott, heute richtet das Denken zugrunde. Doch immer noch besser zugrundegehn, als zu Gott erhoben werden, einem solchen Gott, dem man diese Schöpfung in die Schuhe schiebt, zu einem

Irrwisch, luftigen Nichts, einem himmlischen Veitstanz, allmächtigen Verbrecher. Nein, heute hat der Gedanke keine Größe mehr, ist er ein Elend, das Elend des Menschen, er ist das Golgatha, auf dem wir verbluten.

Aber man kann auch das Gegenteil behaupten. Man behauptet, man hat recht, man bestreitet, man hat recht, man macht sich was vor, belügt sich, belügt andere, man glaubt, daß man die Wahrheit spricht, ist überzeugt davon, stirbt dafür, man leugnet, um sein Leben zu retten: es kommt alles aufs selbe raus. Seit Jahrtausenden schreit man nach der Wahrheit, seit Jahrtausenden gibt man Antworten auf die Frage nach der Wahrheit, alle Antworten widersprechen sich, niemand weiß es, ich weiß es vielleicht, ich glaube es zu wissen, in furchtbarer Weise zu wissen, was die Wahrheit ist, schon immer war und immer sein wird: die Wahrheit ist die Lüge, die Lüge ist die Wahrheit, ja, die Lüge ist es, die Lüge, die Lüge. Und die Welt braucht gar keine Wahrheit, die Welt braucht nicht das Suchen nach der Wahrheit, das Suchen nach der Wahrheit hat die Welt ruiniert, der Mensch braucht nicht die Wahrheit, das einzige, was der Mensch braucht, ist das Leben, das Leben ist die Wahrheit, die Wahrheit ist das Leben selbst.

Als mein Leben in Gefahr war, wollte ich nicht schreiben, in jenen schrecklichen Sekunden, in denen ich fürchtete, sofort zu sterben, habe ich gedacht, wenn ich nur am Leben bleibe, nur wie bisher weiterlebe, so will ich schon zufrieden sein. Doch wenn das Leben nicht mehr bedroht scheint, brauchen wir eine Bestätigung für unser Leben von der Außenwelt, der

Umwelt, den Nicht-Ichen; sie sollen unser Lebensgefühl erhöhen. Es ist nur Egoismus, wenn wir unser Lebensgefühl so erhöhen wollen, vielleicht ist dieser Egoismus natürlich, vielleicht anerzogen, er ist jedenfalls da, jeder Mensch hat ihn, deshalb verlieben wir uns, deshalb verheiraten wir uns, deshalb lassen wir uns scheiden und heiraten wieder, deshalb befreunden wir uns, deshalb befeinden wir uns, deshalb wollen wir Karriere machen, Aufsehen erregen, es soll nur unser Lebensgefühl intensivieren, nur unsern Kamm schwellen lassen, unsre Hoden füllen, unser Hirn, unsren Größenwahn, man kann es Selbstbewußtsein, kann es Eitelkeit, Hingabefreudigkeit, Aufopferung oder Eigennutz nennen, es geht immer ums selbe. Wir wollen beachtet sein, bemerkt werden, durch andre leben, und durch je mehr andre wir leben, desto intensiver glauben wir zu leben. Ein großer Künstler lebt in Millionen Menschen, ein großer Staatsmann lebt in Millionen Menschen, der arme Schlucker von der Straße lebt in einer Handvoll, es ist klar, daß sein Lebensgefühl schwächer, sein Selbstbewußtsein kleiner ist.

Ich weiß nicht, irgendwie scheint mir das ein krankes Denken. Aber Denken ist immer krank, wenn es konsequent ist, wird es immer krank, es muß krank werden, ich lasse mir das nicht ausreden, Denken ist eine chronische Krankheit, und ein Denken, das vor nichts zurückschreckt, eine chronische Verzweiflung. Ich denke oft an Leute, die einfach arbeiten, einfach malen, einfach schreiben, die sich hinsetzen und alles aus sich herausschleudern, die sich vor ihre Staffelei stellen und die Leinwand vollfegen, die ohne Bedenken drauifloswerken, die schaffen, produzieren, die sagen können, ich bin Maler, das sind meine Bilder, das habe ich gemacht, sie haben doch etwas, was sie gemacht haben, woran sie glauben, vielleicht schwach glauben, vielleicht sogar stark, überzeugt, aber sie haben doch was hervorgebracht, und ich habe nichts, habe das Nichts in den Händen, ich habe das Nichts im Kopf, vielleicht wenn ich nicht das Nichts im Kopf hätte, vielleicht hätte ich dann auch in den Händen nicht das Nichts, aber ich habe das Nichts, drehe mich wie ein Kreisel fortwährend im Nichts, ich bin schwindlig davon, schwach davon, ich sehe nicht, wie ich zur Ruhe kommen soll, und wenn ich zur Ruhe komme, ist es eine Ruhe in der Verzweiflung.

Das Denkmal. Ich kann mir kein Denkmal bauen. Ich suche Ausreden für meine Unfähigkeit. Ich sage, weil ich das Nichts im Kopf habe, habe ich es auch in den Händen. Aber wie, wäre es umgekehrt, hätte ich das Nichts im Kopf, nur weil ich nichts in Händen habe, nicht das Nichts, sondern nichts, einfach nichts? Und verzweifle ich denn an der Welt? Ich verzweifle doch an mir. Gewiß verzweifle ich auch an der Welt, aber würde ich die Welt so wichtig nehmen, wäre ich zufrieden mit mir, einverstanden? Sie müssen sich lieben. Nein, ich bin tief unzufrieden mit mir, ich werde nie etwas schaffen, Fragmente, Fragmente vielleicht, Genialische Fragmente.

Vor ein paar Tagen satnd ich wieder mal vor einer Buchhandlung. Ich habe ins Schaufenster gesehn, die Bücher in den Umschlägen gesehn, lackig, glänzend, bebildert, neu. Ich habe die Titel gelesen, die Namen, es sah alles so selbstverständlich aus, so einfach, und vielleicht haben es sich viele auch einfach gemacht, einfach etwas zusammengeschmiert, und das verachte ich ja, oder sie haben es mühsam aus sich herausgepreßt, haben gefeilt und gefeilt, ausgelassen und zugesetzt, sie haben Personen erfunden, Situationen, Konflikte konstruiert, sich alles mögliche erdacht, aber das verachte ich ja auch. Was verachte ich denn nicht, wie sollte man denn schreiben, weiß ich denn, wie man schreiben sollte, ich weiß es nicht, weiß es nicht genau, ich weiß nur, so wie die meisten heute, so sollte man gewiß nicht schreiben, man sollte keine Geschichten konstruieren, keine Kunst machen wollen mit einer Technik, die keine Kunst mehr ist, sondern ein Brechmittel, ein Stimulanz der Langeweile, Mohnsaft für den Banausen.

Nein, man sollte sich hinsetzen und sagen, ich schreibe jetzt, schreibe aus dem und dem Grund, ich schreibe bloß von mir, schreibe bloß von Dingen, die ich kenne, die mich bewegen, ich schreibe nicht um des Effektes, um des Echos willen, um zu zeigen, wie gescheit ich bin, ich schreibe nur, weil ich das und das lossein will, weil es mich verrückt macht, mich umbringt, weil ich mich nicht mehr auskenne, und was weiß ich. Man sollte sagen, ich schreibe, ohne zu überlegen, schreibe alles herunter, ich stoße es von mir, schreie es hinaus, ich schreibe wie eine Maschine, die man eingestellt hat und die nun abläuft, ich schreibe ohne Hemmungen, ohne Scham, ohne Furcht, ohne zu erröten, ich sehe nicht auf Kunst, ich denke nicht an die Verleger, nicht ans Publikum, nicht an den Staatsanwalt, ich denke nicht an meinen Erfolg, aber das ist ja gar nicht wahr, ich denke doch auch daran, denke doch an alles, aber ich bin eben verdorben, ich will nicht daran denken, doch wir sind alle verdorben.

Was fühle ich, wenn ich so vor einem Buchladen stehe? Ist es Neid, ist es Furcht, ist es Haß, Hoffnung, Unfähigkeit? Manchmal ist mir, als schwimme das ganze Fenster voller Träume, ich sehe lauter lackige, glänzende Träume im Fenster, es steht dick voll Hoffnung, als bräche die Sonne durch die Scheibe und wickelte alles in Gold, es bläht sich alles, schwimmt, es schwebt, nie kann ich in einen Buchladen sehn, ohne Hoffnung zu schöpfen. Doch wie lange, wieviele Jahre noch, wann werde ich endgültig wissen: ich bin nie dabei, wann werde ich endlich gescheit sein, vielleicht wenn ich ganz verrückt geworden bin oder ganz bescheiden, aber ich kann mich nicht bescheiden, doch wenigstens verrückt werden, denn das kann ich bestimmt, das werde ich vielleicht, ich werde vielleicht leichter verrückt werden, als ein Buch schreiben, vielleicht werde ich verrückt, weil ich kein Buch geschrieben habe, oder ich schreibe ein Buch, um nicht verrückt zu werden, aber was würde das für ein Buch, ein Buch für Verrückte, ein Buch, verrückt zu werden, ein verrücktes Buch. Ach, es ist alles Unsinn.

Manchmal gehe ich in den Städten über die Straßen, besonders gegen Abend, in der Dämmerung, ich treibe über die Straßen, und die Lichter treiben gegen mich, die Reklame, die Menschen umströmen mich, eilig, geschäftig, schwatzend, still, ich gehe wie ein stummer sehnsüchtiger Fisch durch ein Aquarium, und die andern Fische umschwimmen mich, begucken mich, begucken mich nicht, sie flosseln an mir vorbei, sie schieben vorbei, schieben wohin, wohin, ich weiß es nicht, ich denke, wohin geht ihr, ich denke, wer seid ihr, was tut ihr, ich denke, was habt ihr schon getan, ist unter euch ein Mörder, welche Lüste habt ihr, welchen Lastern geht ihr entgegen, welchen Ehebrüchen, was bringt euch die Nacht, was erwartet ihr von der Nacht, welche Geschäfte habt ihr heute gemacht, wer von euch wird morgen sterben, wer wird sich das Leben nehmen, wer von euch ist sehr unglücklich, wer von euch sieht mich an, wer denkt über mich, denkt er gut über mich, denkt er nicht gut, ich denke, wie seltsam seid ihr Menschen, wie habt ihr es alle so wichtig, wie seid ihr alle so stolz, schaut ihr aneinander vorbei, wie gebt ihr euch so groß, so sicher, und wenn ihr daheim seid, vor dem Spiegel steht, mit eurem Mann streitet, ich sehe in ihre Gesichter, ich suche, suche, ich weiß nicht, was ich suche, ich weiß nur, daß ich ihnen in die Gesichter sehe und suche, aber ich weiß nicht, was ich suche, ich schaue nur, ich denke, ihr seid Menschen, was für Menschen seid ihr, seid ihr solche Menschen wie ich, nein, ihr müßt andre Menschen sein, ihr sucht nicht, sucht nicht, was ich suche, ohne zu wissen, was ich suche, ihr würdet es für verrückt halten, und es ist vielleicht verrückt, aber auch schön, so zu suchen, obwohl es hungrig macht und sehr einsam. Und die Nacht kommt dann, der Himmel wird blauer, die Lichter schwellen, die Augen der Menschen glänzen mehr, sie glänzen von den Lichtern der Reklamen, den Lichtern der Autos, der Straßenbahnen, sie glänzen vom Widerschein des Lichts in den Lackrücken der Autos, glänzen von den

Lichtern der Schaufenster, sie glänzen nicht von innen heraus, brauchten sie das Licht von innen, hätten sie Kohlen in den Augenhöhlen, Kohlen, schwarz, wie man sie unter der Erde haut, und schauen mich gar nicht an, treiben dahin, treiben vorbei, Fische in einem Aquarium, in einem mattglänzenden, einem schwermütig glänzenden Aquarium, schwermütige Fische, leichtmütige Fische, stumm, stumm, stumm, ich treibe durch die Nacht, ich bin allein, ich sehe den Menschen ins Gesicht, und es sind Fischgesichter, es sind Gesichter, die nie gelebt haben, oder Gesichter, durch tausend Laster gegangen, durch tausend Dinge, die mir verwehrt sind, mir entgehen, ich denke an die Frauen, ich denke, ich müßte sie alle haben, sie alle entkleiden, alle keuchen hören, sprechen hören, flüstern, lachen, ich sehe die Männer an, die die Frauen ansehn, sehe ihre Blicke an ihnen herumrutschen, wie Fliegen auf Marmeladegläsern, ich sehe, wie sie auf die Beine der Frauen, in ihre Gesichter schauen, wie sie pappen an ihren Gesichtern, es ist nichts anderes, sie suchen auch, ist kein so großer Unterschied, nein, nein, bilde dir nur ja nichts ein, kein so großer Unterschied, und ich gehe und gehe, ich lasse mich schieben, ich sehe, und die Nacht sinkt, die Lichter strahlen, die Autos rollen sich vorbei, samten schimmernd, raunend, und die Menschen wie ein Fluß, ein wogender dunkler Fluß mit den weißen Schaumlippen der Gesichter, und es strömt und strömt, und ich weiß doch, was es so strömen läßt, es ist nicht das Leben, ist nicht die Lust, es ist der Tod, der Tod treibt sie, der Tod bewegt sie, sie bewegen sich zum Tod, träumen sich zum Tod, der Tod umträumt sie, die Nacht umraunt sie, das Ende geht hinter ihnen, Quallen im Aquarium des Todes, schwermütig, leichtmütig, stumm, stumm, stumm.

Oh, ist das Leben nicht seltsam, ich habe dieses Streifen in meinem Gesicht gesehn, dies Suchen, ich bin gewandert, ich habe gesucht, ich habe gehofft, habe gehofft, die Schritte zu wiederholen, gehofft, die Fährte zu halten, die Fährte wieder aufzunehmen, aber jeder Schritt, den ich tat, jeder Schritt ist verloren. Ich bin über die Schienen gerast, ich habe durchs Fenster geblickt, es war immer anders und doch immer das gleiche, und die Bäume flogen vorbei, sie wirbelten wie Tänzer am Zug entlang, und die Hochspannungsmasten stiefelten verzweifelt ins Feld, die schwarzen Striche der Drähte summten im Himmel, und der Schnee wirbelte, der Regen platschte, die Felder wischten dahin, flach, zusammengesunken, Felder voll Rübenblätter, voll Leere, voll Weite, und manchmal stand eine Stadt am Horizont, stand im Abend, in der Glut, in einem verbrennenden Horizont, und manchmal schoben sich Menschen zweidimensional durch den Morgennebel, und silberschuppige Flüsse und blühende Bahndämme, und Brücken und Tunnels, die Blicke von oben, die Blicke hinauf, das Fahren, das Rauschen und der Gesang der Schienen unter den Rädern. Ich habe bei Salerno aufs Meer geblickt, hoch von der Höhe bei Salerno aufs Meer, ich habe auf Sizilien unter den Sternen geschlafen, mit meinen Augen ganz nah in die Sterne gesehn, und es war Sizilien, die Nacht seltsam, sie hatte Gerüche, Laute, Gefahren, sie blühte blau wie ein Kelch um mich, und ich lag auf dem Rücken und sah in die

Sterne, ich schnupperte die Luft und deckte mich zu mit Wind und mit Nacht, aber ich weiß es ja nicht mehr, es ist dahin. Ich bin übers Meer gefahren, und die Schiffe schoben sich über die schuppige Wüste, ich sah auf das Wasser, die Nase voll Salz und den Kopf voll Wind, es war Leben, es kreiselte um mich, und auch das verschwand. Die Küste kam und das Meer verschwand, das Meer kam und die Küste verschwand. Und ich denke Florenz, ich denke Paris, die Nächte von Berlin, und sage kleine Orte, die niemand kennt, und vielleicht war es eine Apfelbaumblüte vor meinem Fenster oder ein Blick meines Hundes, aber auch das ist vorbei. Was ist geblieben, geblieben ist nichts, eine Gegenwart, die sich fortwährend verliert, eine Gegenwart, die uns verläßt, die wir verlassen. Ich habe in Neapel am Meer gesungen, leis in Neapel am Meer, doch ich weiß nicht die Luft mehr, das Meer dort, wie die Frauen waren. Ich denke Neapel, und es ist Fernes, Schönes, ist etwas, wo man auf mich geschossen hat, etwas, das ich bald wiedersehn, vor meinen Augen brennen sehn muß, und Messina muß brennen, weiß hinter dem Meer, hinter einem brennenden blauen Meer, und wenn ich dort bin, werde ich Sehnsucht haben nach dem Schatten, dem dunkelgrünen unsrer Wälder, und immer möchte ich da sein, wo ich nicht bin, immer möchte ich das haben, was mir fehlt, und wenn ich es besitze, möchte ich los davon sein, und wenn ich es verloren habe, es wiederbekommen. Und immer bin ich unzufrieden, immer in Angst, und nie bin ich ganz ohne Hoffnung, und ich weiß nicht, ob nicht dies das Schlimmste ist, daß wir uns an Illusionen klammern, mit grauen Haaren noch an Illusionen klammern, daß unsre Stärke aus unsrer Schwäche kommt, unsre Schwäche unsre Stärke ist. Und spüre ich nicht, je tiefer es in die Nacht geht, daß es auch für mich noch Illusionen gibt, daß ich nicht stark genug bin, um ganz zu verzweifeln, um rückhaltlos, gnadenlos zu verzweifeln, daß ich schwach genug sein werde, mich an eine Hoffnung zu klammern, so klein sie ist, so faul sie ist. Und die Menschen werden das nicht schwach nennen, nicht feig, nicht verlogen, sie werden es stark nennen und gesund, das Aufblähen an einer kleinen Hoffnung, das Festhalten an einem Strohhalm, sie machen sich alle was vor, sie lügen sich aufrecht ins Gesicht, sie existieren mit der Lüge, sie sterben mit der Lüge, und sie werden von der Lüge zur Welt gebracht. Ihre Lüge ist die Wahrheit, die Wahrheit ist ihre Lüge, doch sie wissen es nicht, die meisten wissen es nicht, aber ich weiß es, ich weiß es und lüge, ein wissender Lügner, ein herrlicher Lügner, das Leben ist eine herrliche Lüge.

Warum keine Schwalbe, warum bin ich keine Schwalbe. Was ich gesehn, was ich vergessen, laß sehn, was ich wieder heraufhole jetzt, es geht in die Nacht, ich sinke in die Nacht, das Licht meiner Lampe durchsinkt die Nacht, es fällt in die Nacht, braun, golden, der Ofen sirrt, hohl, hoch, es geht in die Nacht, laß sehn, was ich heraufhole nun, laß mich nicht lange denken, das Nächste laß mich sagen, das Erste, das zurückkehrt, es wird nur für mich sein, es kann nur für mich sein, wird nur ein Nennen sein, und alles darum ist verloren, es wird nur ein Wort sein, und das Wort wird zu blaß sein, ohne Farbe, Geruch, ohne Leidenschaft, es wird ein Schemen sein, ein

Schatten, ein Gespenst mit Frühlingswind in den Zähnen, das Wehen eines Schwalbenflügels, es wird rauschen wie ferne Züge in den Sommernächten, hörst du es kommen, es ist vieles, aber schwach, ist vieles, aber es verwirrt, es sind Gerüche und Mädchenaugen und Tierblicke und ein Veilchen am Rain, ist ein Lied meiner Mutter und ein Sommertag wie Staub dahin, und wohl auch Tote und viele Worte, die tot sind, die verrauscht sind, wie Wasser verrauscht, vor Jahren am Fluß gehört, vor Jahrzehnten, gewesen, es kommt nicht, ist vorbei, ist abgeglitten wie Wasser am Fischleib, und das Fleisch ist faul, das Fleisch ist schwach, und was bleibt, ist die Stummheit, die Stummheit des Fisches, das Schnappen des Fisches, das Öffnen des Maules, weit, und stumm, und todumzuckt. Nein, ich hole nichts zurück, ich bin fern von allem, bin allein, verlassen, es ist abgeglitten wie Wasser am Fischleib, und ich bin stumm geblieben, kein Gesang, kein Gesang, Fisch ohne Lied, stumm im Aquarium des Todes.

Aber habe ich es denn nicht gehabt, ich habe doch manchmal das Leben gehabt, und das Leben war schön. Ich bin an Flüssen entlanggesaust, und die Prozessionen der Pappeln flogen vorbei, Pappeln wie Fackeln schwangen am Fluß, das Feuer schlug aus ihnen, goldne Garben, die zum Himmel schossen, und der Himmel war blau, er war blau wie Seide, grün wie Seide, er war mild, er war verklärt, und der Fluß brannte blau wie Asphalt, Schlepper schnitten schwarz durch das Wasser, und rote Busse rasten über die Schienen, Lautsprecher riefen, sie riefen nur kurzen Aufenthalt, und die Ferne tanzte zitternd über den Gleisen, den Gleisen, die wie gleichschenklige Dreiecke spitz ins Endlose stießen, die sich krümmten um Berge, durch die Erde führten, und das hohle Gesaus über Brücken, Fichtenwälder dunkel auf Sommerhöhen, und weißgesichtige Villen im Rauch roter Bäume, glühende Ginsterbüschel am Damm und die Silberrücken von Schafen in der Sonne, und Blumen im Schoß alter Gartenzäune, die Kakteen an der Riviera, die Segel auf dem Meer, die goldbewimperten Horizonte des Meeres, Schlote von Dampfern, lackig wie Blutstropfen, und in Shanklin, wie es sich wölbte, breitbrüstig, hoch, hochgeschwellt, hochsteigend in den Horizont, Blick von der Höhe über Blumen, über weiße große Blüten aufs Meer, oh wie es sang, es blau hin sang, wie's stieg, es hob sich wie ein Leib zum Himmel, und der Strand, schmal und sandig und sonnengebräunt, die Konfettihaufen der Badenden, und drüben der Felsen von Sandown, weiß und schneeig wie eine Möwenschwinge im Meer, das langsame Ziehen eines Ozeanriesen in der Ferne, winzig, stetig, unbeirrbar, eine Stunde lang, ach, und die Tage von Ryde, als ich anfing, gesund zu werden, als ich anfing, wieder zaghaft ans Leben zu glauben, als ich den Kopf wieder hob, in den Seewind hob, den Salzwind, die heilige Luft von Ryde – und am Abend reiten die kleinen Mädchen dort längs des Strandes auf ihren Ponys nach Hause, die Insel im Westen sitzt wie ein zitronengelber Dunststreifen im Meer, die Nacht kommt, und Blinkfeuer, die Lichter von Portsmouth, und Wind weht Frauenbeine über späte Trottoire und rührt die Blätter im blauen Licht der Bogenlampen schlaflos hin und her, und in der Nacht erwacht man dann und hört es laut im Zimmer atmen, bis man plötzlich weiß, es ist das Meer, das Meer.

Ja, es war das Meer, war die Nordsee und die Ostsee, der Atlantik und die Adria, der Ruf des Kuckucks auch über schäumenden Frühsommerwiesen, das Rucksen der Tauben auf der Hütte, verburrtes, vergurrtes Rucksen, das sich in heiße Julitage schlang, indes die Sonne durch die Bäume tröpfelte, glutig durch das Laub, und die Luft dick war von Gerüchen, wie ein Muff, ein weicher Muff, der um die Schläfen hing, und das Hirn betrunken, die Zitronenfalter zwischen den Buchenstämmen, wie tanzende Sonnenstäubchen zwischen den Buchen, und es waren die Frauen von Nizza, Monaco, von San Remo, Frauen wie Tropenblüten, üppig, voll Verheißung, Frauen wie Früchte, reif, bunt, Frauen wie Oasen, Frauen nie gehabt, vom Viehwagen aus gesehn, vom Viehwagen über den schmalen Schienenwegen der Riviera, und die Straße von Messina, oftbefahren, und die Stadt, weiß, morgenländisch, gelbweißglühend im blauen Meer, flach, Verheißung, vieles war Verheißung, vieles schien Leben, schien Hoffnung, das Gebell meiner Hunde vor den Sauen in der Dickung, die Fichten im Schnee wie eine Mauer aus Gold, und das Jagdhorn, das Jagdhorn über den Wäldern, und vergessene Hochsitze, und ferne Schüsse, verglucksend hinter den Horizonten, und weißt du, wie Klee riecht, eine Wiese, wenn du den Kopf in sie steckst, und das Liegen im Wald, das Lesen in einem Buch, über das die Sonne flirrt, und wenn du aufschaust, den Kopf zurücklegst an den Stamm, wenn du emporsiehst in den Himmel, dann sinkt er blau, tief tief blau zu dir herein, die grünen Gewölbe der Buchen sind dunkel und glühen, der Schrei eines Bussards schneidet weiß aus der Höhe, du hörst das Blättern der Seite, das müde Getropf von Vogelstimmen, und schaust wieder hinauf, siehst alles wie durch eine Farbenbrille, noch blauer jetzt, das Laub noch grüner, und die Sommerabende, wenn die Täler verblassen, der Nebel wie Schimmel durch die Gründe kriecht, wenn die Rehe austreten, fernes Gebimmel über den Wäldern, bis du spät heruntersteigst, Sprosse um Sprosse vom Hochsitz, und die Nachtschwalbe dir im Ohr surrt, du einsam heimstapfst, es hinter dir herhuscht, und im Hamburger Hafen bei Sonnenuntergang auf der Elbe, und Waterloo mit seinen Wiener-Walzern, Menschenschwärmen, Dover Marine und das Auftauchen von Ostende, und der Fischgeruch und der Salzgeschmack und die Schiffe im Hafen von La Rochelle, die Eichenwälder in den Pyrenäen, und Assisi, der Blick von der Wartburg, das Gehen auf Norderney im Dezember, das verlorne Gehen am Strand, und die Dämmerung, das melancholische Getüt der Regenpfeifer, nein, vorbei, ich wußte es, keine Farbe, kein Geruch, es lebt nicht mehr, ist tot.

Und noch mehr tot, noch mehr tot, sind die Frauen, die ich hatte, Frauen, bei denen ich gewesen, bei denen, davor, danach, so viele andere gewesen sind, und sie haben geschrien unter ihnen, gestöhnt, gezittert, und ich bin für sie tot, wie sie für mich. Nichts in meinem Leben ist so tot wie fast alle Frauen, die ich hatte. Es war nichts, ein Entspannen der Hoden, ein Zucken der Muskel, Besitzgier, es war nichts, ich könnte sie hassen, wenn ich sie aus der Vergangenheit zu graben suche, sie hassen, weil sie mir etwas vorgespielt, Gemeinsamkeit, Vertrauen, Liebe, doch es war nur ein Zusammenhängen, ein zufälliges, keiner hatte etwas mit dem andern, jeder seine eigne Lust und Sucht, seine eignen Gedanken, Zoten, jeder wollte sich abreagieren am andern, mehr war es nicht, mehr ist es nicht, mehr wird es nie sein, der Mensch bleibt immer allein.

Aber haben wir uns denn etwas vorgespielt? Wir wußten doch, daß es nur Spiel war, bloß vorübergehend, vorübergehend wie das ganze Leben. Soll ich davon sprechen, ich glaube, es lohnt nicht, davon zu sprechen, obwohl es einem schlecht werden kann, liest man die Romane und die Verlogenheit und Dinge, die vielleicht wahr, doch nicht lang wahr sind, nur ein paar Tage, ein paar Wochen oder ein schwaches Jahr, aber der Rest ist Lüge, und es bleibt ein großer, ein überwältigender Rest, vielleicht sollte ich von diesem Rest sprechen, doch ich bin es müde, bin es sehr müde, von Frauen zu sprechen, zuerst versinkt man ineinander, und dann bespuckt man sich. Liebe ist Illusion, Illusion wie alles im Leben, eine Illusion mit unendlich vielen Phasen, unendlich vielen Nuancen, unendlich vielen Möglichkeiten, denn je nach dem Partner wird jede Geschichte verschieden sein, aber letzten Endes läuft natürlich alles aufs gleiche hinaus.

Wenn ich heute zurückdenke, an die Frauen denke, in die ich wirklich verliebt war, und an die denke, die ich besaß, ohne auch nur eine Spur verliebt zu sein, vielleicht bloß wegen ihrer Beine oder ihres Gesichts oder weil mich irgend etwas reizte an ihnen: ich denke fast noch lieber an die, die ich nur mit Geilheit besessen, an die ich kein Gefühl verschwendet habe, als an die andern. Es ist doch nie auf die Frau angekommen, die Frau war immer nur das auslösende Objekt, das Entzündungsmittel, ein Prophylaktikum gegen Onanie, und wenn es Liebe war, dann ein Wahn im Gehirn, eine Ekstase, ein Irrsinn, der anschwoll und abschwoll und in dem es doch auch kaum um die Frau ging, sondern um den Trug im Kopf, um das Feuer unter der Haut, einen verrückten kranken Gedankengang, der die Welt veränderte, ihr ein andres Gesicht gab, ein bedeutungsloses oder strahlendes, der den Alltag durchbrach, ihn leugnete, beiseite schob. Manchmal war es auch Langeweile. Bei Ruth war es bloß Langeweile; dann war es Ehrgeiz, Eitelkeit, und ich habe sie doch nicht gehabt. Es tut mir leid heute, und denke ich daran, kommt es mir vor, die Haut wäre in Fetzen im Bett gelegen, hätte ich sie bekommen, doch das ist Blödsinn, es wäre nur das gleiche Gerammel gewesen wie bei allen.

Ich habe Ruth auf meinem Zimmer kennengelernt. Sie war mit einer Tante aus dem Osten geflohn, die Tante hatte einen kleinen Kramladen im Dorf, und Ruth studierte Medizin. Eines Tages klopfte es, sie kam herein, sie hatte Semesterferien und verkaufte Bücher für einen Verlag. Sie legte eine Liste mit Titeln vor, und ich bestellte den Nachsommer, Stifters Nachsommer, er steht da in meinem Schrank, und so oft ich den Band sehe, denke ich an Ruth. Mein erster Eindruck war nicht der beste; aber auch ich hatte Semesterferien, hatte seit der Geschichte mit Lotte keine Frau mehr gehabt, und Ruth machte ein paar kluge Bemerkungen, so verabredete ich mich mit ihr, als sie mir den Nachsommer kurze Zeit später brachte.

Ich weiß nicht, wann ich sie zum erstenmal küßte, bei irgendeinem Gang auf die Hütte wahrscheinlich, doch dann wollte sie nicht mehr auf die Hütte und ging auch nicht. Aber es kam ein Nachmittag, da lagen wir in einer Dickung, einer lichten Dickung auf einem Höhenzug, Heidekraut, Moos und Blößen, Kiefern schwankten darüber, weiße Wolken trieben hindurch, Tauben rucksten und baumten manchmal auf über uns, die Sonne schnitt ihre fiebrigen Streifen herein, und wir lagen unter den Bäumen und küßten uns, wir waren heiß und sie stöhnte, irgendwie gelang es mir, ihr Kleid zu öffnen und eine Brust zwischen die Zähne zu kriegen, doch sonst kriegte ich nichts. Dann wollte sie mich nicht mehr allein treffen, sie sagte es nicht böse, aber ernst, und vielleicht meinte sie's auch so, doch natürlich trafen wir uns wieder, und einige Zeit kam ich nicht weiter. Ich glaubte nun, sie erst moralisch unterhöhlen zu müssen, ich habe auf vielen Gängen die Philosophen ins Feld geführt, die mir geeignet schienen, wir haben lang und heftig diskutiert, und dabei ging es doch nur darum, das Tier mit den zwei Rücken zu machen, wie Shakespeare sagt. Und eines schönen Tages kam ich auch weiter, das ist ganz natürlich, ist der natürliche Weg in einem solchen Fall, aber ich kam noch immer nicht weit genug.

Einmal habe ich sie während eines Wintersemesters in Passau besucht. Sie hauste dort, übrigens ganz in Lottes Nähe, in einem Nonnenkloster, sie bewohnte ein winziges Häuschen im Klostergarten, das nur aus einem Raum bestand, und mit ihr zusammen wohnte ein fünfzehn- oder sechzehnjähriges Mädchen. Als ich kam, küßte ich Ruth, nahm sie auf meinen Schoß, und es begann das übliche Geschäft, mühelos, sofort, sie hatte schon darauf gewartet, doch es geschah nicht mehr. Dann trat das Mädchen herein, ein blondes zartes Geschöpfchen, das aufs Konservatorium ging. Sie spielte ein Lied von Bach und sang dazu, ein sehr ätherisches Lied, ein Lied von reiner Liebe, eine Stimme, durch kein Wissen getrübt, hell, klar, ergreifend. Ich war wirklich begeistert, das Mädchen freute sich und ging wieder.

Es dauerte nicht lang, da lag ich, trotz Mädchenstimme und Bachlied, mit Ruth auf dem Bett, wir wälzten uns kreuz und quer, sie wurde schwächer und schwächer, und hätte sie nicht an das Mädchen gedacht, hätte ich sie gehabt, ich glaube, ich hätte sie da gehabt. Ruth aber keuchte, stöhnte, hör auf, hör doch auf, die Soundso kommt gleich, sie muß jeden Augenblick zurückkommen. Aber war das nicht bloß eine Finte? Und sollte ich immer leer ausgehn, nur immer sie das Ihrige kriegen? Ich ließ nicht los, wir kugelten wie zwei Verrückte durchs Bett, und plötzlich ging die Tür auf und das Mädchen stand da, das Bachlied, die ätherische Stimme, die Reinheit, das Geschöpf in Blond und Zartheit, fünfzehn Jahre standen in der Tür, ich sehe sie noch heute, sie hatte die Tür weit aufgemacht, ihre eine Hand hielt die Klinke, sie sah auf das Bett, das zerwühlte Bett, unsre kochenden Gesichter, unsre Kleidung, und wir schauten zurück, uns hitzig umklammert haltend, alle drei waren wir einen Augenblick erstarrt, und dann, mit einem Schlag, als hätte sie einen Blick in die Hölle geworfen, schlug sie die Tür zu und war weg. Siehst du, flennte Ruth, ich hab es ja gewußt, ich hab's dir ja gesagt, daß sie gleich zurückkommt, ich kann da nicht mehr wohnen, ich kann mich nicht mehr zeigen vor ihr, und wir waren ziemlich abgekühlt. Ich glaube, es war ein Bild, das das Mädchen zeitlebens nicht vergessen wird – der Anblick des Sündenpfuhls, mitten im Klostergarten. Wenn ich an Ruth denke, muß ich immer auch an das Mädchen denken. Ich habe sie nie wiedergesehn, zum Glück nie wiedergesehn. Und Ruth kam später noch ein paarmal zu mir, bis ich ihr eines Tages ziemlich brutal zu verstehen gab, daß sie mich nicht interessiere, wenn ich sie nicht stoßen könne, und damit war die Sache erledigt.

Doch damals bin ich gar nicht wegen Ruth nach Passau gefahren. Ich hatte viel mehr an Lotte gedacht, ich wollte Lotte sehn, aber ich wollte mich nicht noch einmal von ihr fortschicken lassen, und so wartete ich am Morgen in einem Wirtshaus, wo sie vorbeikommen mußte, um Milch zu holen. Ich saß um sechs schon im Lokal, es war völlig verrückt, die Stühle standen noch auf den Tischen, die Kellnerin fummelte herum, wischte, glotzte, und ich hockte am Fenster, starrte auf die Straße, starrte über zwei Stunden hinaus, und dann kam sie.

Ich habe in den zwei Stunden ständig an sie gedacht, an vieles, was zwischen uns vorgefallen war, an meinen letzten Auftritt in Passau auch auf ihrem Fußabstreifer, als ich die Uhr aus ihrem Zimmer die Nachtstunden schlagen hörte, diese hohe, altmodisch singende Uhr, und ich lag vor der Tür und zählte die Stunden, so oft ihre Uhr schlug, zählte ich, die Zeit verging schnell, um vier kam jemand, sperrte auf, verließ das Haus, dann begann es hell zu werden und ich verzog mich, ich konnte mich da nicht mehr sehen lassen nach dem Skandal, diesem unvergleichlichen Skandal, der Hausmeister war ja gekommen, der mich entfernen sollte, sich aber entfernte wieder, ohne mich entfernt zu haben. Und dann, ach ja, das Intermezzo mit dem Brief! Ich war mit einem Brief angereist, sicherheitshalber, einem langen, dicken Brief, ich hatte meine ganze Liebe, meinen ganzen Haß, meine Sehnsucht und Eifersucht, mein ganzes Seelenleben hineingeschmiert, und ich wollte ihr nur den Brief geben, nur den Brief, doch sie wollte nicht, weigerte sich, fürchtete, ich könnte mit dem Fuß dazwischenkommen, dem Fuß zwischen die Tür, dabei war ich so überzeugt von der Wunderkraft des Briefes, daß ich versprach, es nicht zu tun, doch sie mißtraute, glaubte mir einfach nicht, und dann kam sie auf die Idee, die nette Idee, ich solle den Brief in ein Körbchen legen, das sie vom Balkon herunterlassen werde, und ich ging hinaus, die Fenster des großen Hauses waren belagert, kein Fenster, glaube ich, aus dem nicht ein Kopf oder mehrere Köpfe schauten, doch ich war eiskalt, es war mir alles scheißegal, ich ging in den Garten, ich sah keine Leute, die Hauswände schimmerten nur fahl mit den starrenden Köpfen in mein Bewußtsein, und sie erschien auf dem Balkon, wahrhaftig, sie kam, ich sah, ja, sah sie, sie lächelte ein wenig, ein ganz klein wenig, und ich konnte vermuten, daß sie geweint hatte, wir sprachen miteinander, ein paar Worte bloß, und sie ließ, lieber Himmel, ließ an einer Schnur ein Körbchen vom Balkon, die Schnur rutschte Stück für Stück aus ihren Händen, das Körbchen kam, ich legte den Brief hinein, und sie zog es wieder hinauf, leicht, graziös, ich sah sie wahrscheinlich nur verschwommen, gar nicht wirklich, nur in meinem Wahn, sah bloß das Bild in meiner Phantasie, und die Leute in den Fenstern waren mir wie Nebel, nicht mehr als die Wände selbst, und ich war zufrieden, ging wieder ins Haus und wartete auf das Wunder der Türöffnung, doch es gab kein Wunder, ich wartete eine halbe Stunde, da kam Lotte, und hinter der Tür sagte sie, geh jetzt heim, es hat keinen Sinn, geh jetzt, ich fahre morgen nach Rüdern, dort können wir uns sehn, aber ich ging nicht, belog sie mich nicht, ich stand ungläubig da, und dann lag ich auf dem Fußabstreifer und hörte die Uhr, die altmodische hohe singende gleichgültige Uhr in der Nacht, und am Morgen verließ ich das Haus meines Auftritts, rasierte mich irgendwo am Bahnhof, löste eine Fahrkarte, wartete auf dem Bahnsteig, der Zug kam, die Zeiger rückten vor, und ich stand und sah in die Unterführung hinunter, voller Zweifel, Argwohn, bis sie kam, ganz allein die Stufen herauf, langsam, in einem dünnen, viel zu leichten Frühlingskleidchen, sie ging die Stufen herauf, den Kopf zur Treppe gesenkt, ich sah sie müde und übernächtig in dem leichten Frühlingskleid heraufwehn, und ich glaube, damals habe ich sie sehr geliebt, sie kam über die Stufen, in letzter Minute, weder freundlich noch böse, sie sah mich an, ich weiß nicht wie, wir stiegen ein, und dann redete ich, von Passau bis Nürnberg redete ich leise und unentwegt auf sie ein, das Abteil voller Leute, doch ich redete, redete ohne Hemmungen, und sie sagte nichts, sah vor sich hin, sah mich nicht mehr an, nur einmal sagte sie, nimm doch wenigstens Rücksicht auf das Kind, es saß ein Kind mit im Abteil, ein junges Mädchen, das uns wahrscheinlich anstarrte, mehr anstarrte noch als die Erwachsenen, und ich fragte, liebst du mich denn nicht mehr, ich weiß es nicht, sagte sie, ich weiß es wirklich nicht mehr, und ich redete, redete mit Eindringlichkeit, mit Besessenheit, ich redete leise und unermüdlich wie ein Wahnsinniger, und als wir in Nürnberg ausstiegen, da hatte ich sie, irgendwie hatte ich sie, und ich küßte sie, wir standen auf dem Bahnsteig vor allen Leuten und weinten, beide weinten wir, und hatten nur ein einziges kleines Taschentuch, doch die Leute lachten nicht, es hat mich gewundert, daß die Leute nicht lachten, vielleicht habe ich mich auch getäuscht, es mir eingeredet, vielleicht hatte ich Nebel vor den Augen, aber ich glaube, die Leute lachten gar nicht, wir waren beide erschüttert, und ich dachte, die Leute sehen, sie spüren es, deshalb lachen sie nicht. Dann fuhren wir weiter, gingen auf die Hütte, haben uns ein paar Tage noch wild besessen, mit Haut und Haaren noch einmal gehabt, und dann kam der letzte Nachmittag dort, wir schlossen zu, wir gingen den vertrauten Weg, und ich war sehr zufrieden, ich dachte, ich werde sie jetzt bald betrügen, und sie war traurig, sehr traurig, sie wußte schon, daß es das Ende war.

An das und vieles erinnerte ich mich, als ich am Fenster in dem Gasthof saß und wartete, zwei Stunden, bis sie kam. Sie fuhr auf dem Rad, wie ich es mir vorgestellt, ich sah sie plötzlich auf dem Rad, und war wie elektrisiert, einer der aufregendsten Momente meines Lebens, und war enttäuscht, sie war alt, anders, alltäglich, ein Wesen, das ich nie beachtet hätte, wäre es mir so begegnet, und ich war maßlos enttäuscht und maßlos erregt, und dann stürmte ich hinaus, ich hatte schon gezahlt, stürmte hinaus, sah sie absteigen, in das Milchgeschäft gehn, und wartete, wartete, wußte, jetzt wird sie mich sehn, gleich sehn, im nächsten Moment, doch sie sah mich nicht, sie bestieg das Rad und fuhr weiter in die Stadt, und ich, ich lief hinter ihr her, nach all dem, was geschehen war, mit vierundzwanzig Jahren rannte ich hinter ihr her, durch die halbe Stadt, ohne Rücksicht, ohne auf die Leute zu achten, ich rannte und rannte, ich sah nur die Frau, die Frau, die gar nicht merkwürdig, gar nicht besonders war, gar nichts mit der Frau zu tun hatte, die ich gekannt, bis ich sie am Berg verlor, und zurückging und vor ihrer Wohnung wartete, hundert Meter vor ihrer Wohnung an der Omnibushaltestelle, doch Lotte fuhr an mir vorbei, auch jetzt an mir vorbei, streifte mich mit dem Blick, ohne mich zu erkennen, und gegen Abend, nach der Sache mit Ruth, nach dem Bachlied, dem Bettgewühl, ging ich zu Lotte, sie wohnte damals im Turm ihres Hauses, im obersten Stock, ich stieg hinauf, las ihren Namen, klingelte, hörte ihren Schritt, sie öffnete, und ich stand da, sagte nichts, und sie sah mich, sah mich und sagte, ja du bist's, du bist da, das ist aber eine Überraschung, komm herein, Paul, und ich übernachtete bei ihr, und es war nichts mehr, war vorbei.

Es war vorbei, wie alles vorbei ist, alles vorbeigeht,

alles was noch kommt, wird so vorbeigehn, vorbeirasen, wird einmal wie nicht gewesen sein, nichts als eine Flut, eine trübe schmutzige Flut, wie ein dunkler Fluß, auf den eine späte schräge Wintersonne schwache Silberpfützen wirft, und auch das ist noch zu viel. Es wird nichts mehr darin geben, keine Sonne, kein Buch, keine Hoffnung, nur Verzweiflung, und vielleicht ist Verzweiflung noch zu viel, zu stark, vielleicht wird bloß noch das Bewußtsein eines Scheiterns da sein, eines ganz banalen Scheiterns, wie es hunderttausendmal geschieht, vielleicht habe ich mich dann sogar abgefunden, sehe ich nur noch einen Idioten, einen wehmütigen Idioten, wenn ich in den Spiegel schaue, aber vielleicht ist selbst Idiot zu viel, vielleicht sehe ich nichts als ein Gesicht, ein Fischgesicht vom großen Weltaquarium, und das lautlose Schnappen, das stumme Schnappen des Maules, kein Gesang, kein Lied, stumm, stumm, stumm.

Nun geht es in die Nacht, der Ofen zieht singend in die Nacht, singend, sirrend, hohl, hoch, der Ofen raunt sich in die Nacht, gleichmütig, unentwegt, und plötzlich fallen mir die Tiere ein, die heute sterben, jetzt sterben, während ich hier sitze, der Ofen sirrt, ruhig, gleichgültig sirrt, und die Lampe brennt, die Ruhe mich ummauert, ich denke an die Tiere, die jetzt sterben, jetzt in den Schlachthöfen stehn, zusammengedrängt, den Blutgeruch in den Nasen, die Schreie der Opfer in den Ohren, die Panik, die Ausweglosigkeit, die absolute Ausweglosigkeit, kein Entrinnen, kein Wunder, das Wunder ist das Messer, das blanke, blitzende Messer, die Verzweiflung in Form einer Klinge. Ist meine Verzweiflung nicht läppisch gegen die Not eines einzigen Tieres, das heute sterben muß! Ich sehe die Augen der Kälber, seh sie alle, die großen guten Augen, und sie stehn voll Todesangst, randvoll Todesangst, und alle Muskeln voll Todesangst, und keine Zelle, die nicht voll ist davon, und kein Ausweg, kein Ausweg, nur der Ausweg des Messers, der Schlächter als Christus, der Metzger als Heiland, die Phrasen in den Zeitungen, das Geschwätz von Humanität, der Welttierschutztag, die Lügen, die Ausreden, die empfindsamen Seelen, die Schweinefleischfresser, die Kalbfleischfresser, die Schlachtfestfeierer, Leichenverschlinger, ich seh die Augen der Tiere, höre ihre Schreie, die Nacht ist voll von Tod, von einem niederträchtigen gemeinen Tod, keine Hoffnung, kein Entrinnen, das Wunder ist das Messer, der Ausweg ist das Messer, die Verzweiflung in Form einer Klinge. Jede Kuh, die im Schlachthaus stirbt, hat mehr gelitten als Christus am Kreuz.

Ich geh ans Fenster, ich weiß nicht warum, ich schiebe den Vorhang zurück, es rauscht leise, ich öffne das Fenster, lehne mich hinaus, Nachtluft fällt auf mein Gesicht, die Nacht steht da, der Mond fast senkrecht über mir, ein nicht ganz voller Mond, ein gelblich schimmernder Schnee, auf dem die Apfelbäume herumkrabbeln, erstarrt sind, schattig erstarrt, das Bauernhaus drüben, mit einem goldnen Fenster in der Mitte, ruhig, und die Blutbuche ruhig, ein samtenes Skelett, vor dem bläulichen, sternlosen Himmel, dem weichen Winterhimmel, aus dem die Nacht sinkt, die Nacht über den Feldern, den Rehen auf fernen Feldern in der Nacht, Rehen dunkelfellig und mit großen Augen, der Schnee knirscht leise unter ihren Hufen, und die Nacht geht, der Mond geht, und alles ist in guter stummer Traurigkeit, und der Morgen kommt wieder, das Erwachen kommt wieder, aber ringsherum Tod, blutroter Tod, ein Ring von Mord, so holt doch die Metzger, die Schlächter, die Schläfer, reißt sie weg, reißt sie weg, schleppt sie her, zeigt ihnen die Nacht, die gute Nacht, die stille, traurige, mordlose Nacht, ach, es ist sinnlos, nutzlos, hoffnungslos, nein, schlachtet, schlachtet, stecht stecht stecht stecht stecht, stecht in die Augen, stecht in die Münder, stecht in die Ohren, stecht stecht stecht, Chicago schlachtet tausend Ochsen in der Minute, schlachtet, schlachtet, solang es Schlachthöfe gibt, wird es auch Schlachtfelder geben, Tolstoi, schlaft ruhig, schlaft ruhig, habt ihr mit euren Kindern zu Abend gebetet, waren sie auch brav, eure Kinder, schlaft ruhig, träumt süß, träumt süß, ihr seid so gut, so gut, ihr lebt auf einer guten Welt, der besten aller Welten, mit Tierschutzvereinen, Tierschutztagen, mit Tierkliniken, Tierasylen, Tierärzten, mit Tierzeitschriften, Tierfreunden, schlaft ruhig, schlaft gut, ihr Leichenfresser, Phrasendrescher, ihr gottverdammten Lügenmäuler, die Nacht steht blau und mondhell um mein Haus.

Während des Krieges habe ich nie im Ernst daran gedacht zu sterben. Ich hatte manchmal Angst, natürlich, es wäre doch gar nicht normal gewesen, keine Angst zu haben, doch es war immer rasch vorbei, war nie so zermürbend, nie so trostlos, so hoffnungslos, nie quälend, war die Angst eines gesunden Körpers, gesunden Kopfes, es war kein Vergleich mit der Angst des letzten Jahres, der Angst, verrückt zu werden, der Angst, den Verstand zu verlieren, plötzlich aufzuspringen, den Leuten die Zunge zu zeigen und irrsinnig zu schreien, aus vollem Hals zu schreien.

Einmal in einer kleinen schwäbischen Stadt, in einem tristen Hotel. Ich hatte den Nachmittag lesend im Bett verbracht, in einem endlos traurigen, trübseligen Zimmer, alles wie gewöhnlich, dann stieg ich hinunter und aß zu Abend, und während ich dasaß und die paar Leute betrachtete, beargwöhnte, während ich spürte, wie ich mich innerlich veränderte, fast ein anderer wurde, während der Zustand, der mich bedrängte, seit Wochen, seit Monaten bedrängte, sich verdichtete, während das Lokal langsam anfing zu schweben, während ich das Gefühl hatte, auf einem Schiff zu fahren und nie mehr festen Boden unter die Füße zu bekommen, da habe ich wie nie, wie niemals vorher oder danach befürchtet, aufzuspringen und zu schreien, wie ein Verrückter zu schreien, und vielleicht den Leuten die Zunge herauszustrecken und Gesichter zu schneiden, diesen Leuten, die gesund waren, die ihr Bier tranken, ihr Bier verkauften, die dasaßen und nichts ahnten, über Lappalien sprachen, die ich haßte, beneidete, fürchtete, ich fürchtete, daß sie mich überführen, mich erkennen könnten. Und während ich mit der Kellnerin sprach und das billigste Gericht bestellte, da habe ich mich beschworen, beschworen, ihnen kein Schauspiel zu geben, nein, es war kein Schauspiel vor mir selbst, war viel zu ernst, war viel zu traurig, ich habe befürchtet, ihnen ein Schauspiel zu liefern, befürchtet, abgeführt zu werden, ich habe mir gesagt, nur eine halbe Stunde, eine halbe Stunde noch, und sie ging vorüber, ich weiß nicht mehr wie, und es ging weiter, ging weiter, aber damals wäre es fast nicht mehr weitergegangen.

Und dann in England, bei den Farmern, die sicher auf ihrer Insel saßen, und ich dazwischen, gelöst, in der Luft, der Luft, bei jedem Schritt zitterten mir die Nerven im Kopf, die Landschaft vibrierte vor meinen Augen, sie war verschärft, sie schwankte, war übereindringlich, unwirklich, ich sah sie wie im Spiegel, und dann saß ich in den Speise- und Wohnzimmern bei den Farmern Altenglands, in der Atmosphäre der Sicherheit, des Konservativismus, im achtzehnten Jahrhundert, im neunzehnten, saß im Farmer's Club in London, und ich hörte ihre Gespräche, o du lieber Himmel. Und in unsrem Cottage gab es eine Stiege, einen kleinen schwarzen Schlund, und oft wenn ich durch diesen Schlund nach oben ging, zu unsrem Schlafzimmer hinauf, habe ich geglaubt, ihn nicht mehr lebend zu verlassen, geglaubt, den Kontinent nicht mehr zu sehn, nicht mehr Ostende, meine Tochter, meine kleine Tochter, und bei jedem Schritt wackelte die Welt in meinem Kopf.

Wenn ich daran denke, daran denke, dann war der Krieg wahrhaftig beinah eine lustige Sache für mich. Ich war nicht krank, war jung, ich schraubte mich mit meinem Lastwagen durch die Serpentinen Siziliens und Kalabriens, die Luft war voll Leben, voll Staub, Heimweh war da und Freude am Abenteuer und wunderbare Fremdheit, und ich sah vieles, was ich nie gesehen hätte ohne Krieg, obwohl ich den Krieg verdamme, obwohl ich sage: lieber in Sklaverei gehn als in den Krieg! Doch den Krieg habe ich noch gesund erlebt, wo ist er, laß sehen, laß sehn, die Christbäume der Amerikaner in den Nächten über Catania, das Meer erhellt, die Stadt, und die Luft voll platzender Farben, voller Geknatter, Lärm, das Surren der Motoren, die aufschießenden Kugeln, die strahlenden, das märchenhafte Schauspiel der Verwüstung, des Todes, die springenden Fallschirmjäger am Himmel, ein ganzes Bataillon, wie weiße Pilze aus dem Blauen quellend, und das Elend der Fluchtstraße im Innern, von einer Höhe aus gesehn, der blinde Staubwurm über Berge und Täler, die Maulbeerbäume in Paterno, und die alten Leute, die ich in der Kirche fand, in Bronte, Adrano, Randazzo, ich weiß nicht mehr, in einer verlassenen Stadt, in Rauch und Trümmern, betend, kniend, auf dem Bauch, weißhaariges Elend, Heringsköpfe knabbernd, und Messina, das weiße Messina in Schutt und Asche, meine Kurierfahrten im Innern der Insel, die Serpentinen in den Mittagssonnen schmorend, weiß, staubhell, das Gebrumm der Jabos. Einmal auf einer Höhe, einer kahlen Höhe, versteinte Berge rings herum, Sonne drüber, fremd, groß, heiß, Karst, Karst, und vor mir ein Fiat, ein offener Laster, der Fahrer auf dem Lenkrad, er schlief, und neben ihm eine Apfelsine, halbaufgegessen, und an den Felsen am Straßenrand lehnte ein Mädchen, ein blühendes sizilianisches Mädchen, es schlief; doch als ich mich gerade wundern wollte, hörte ich die Jabos noch summen, die sie erschossen.

Und weiter am Lenkrad, Fremdheit und Schönheit und wildes Heimweh, und die weichen Nächte, wo die Sterne, die wenigen Sterne, tief und wie Blumen am

Himmel schmolzen, und das Meer, oh, das Meer, in der Nähe von Neapel waren wir einmal wochenlang ins Meer gelaufen, am Abend, nach Dienstschluß, bei sinkender Sonne, nackt und braun, braun bis um die Augen, bis in den Mund, nackt und braun und leicht ins Meer gelaufen, über den Sand, den weichen warmen Sand ins Meer, ins spülende Meer, ins weite, weißlippige, sonnenspielende Meer, und dann die Nächte dort im Busch, im Führerhaus, und aus den Sträuchern sangen die Radios, die Schallplatten, sangen die Schlager der Zeit in die weiche warme fremde Nacht, Frauenstimmen aus Berlin sangen, du glaubst mir nicht, daß ich dich liiiebe, warumm nur, waaaaarumm, und die Schildkröten krochen unter den Büschen, und dann ging es weiter, irgendeinmal ging es weiter, es gab eine Zukunft, sie war ungewiß, doch es gab sie, das Leben war unzweifelhaft, wir verscheuerten Sprit, verscheuerten Reifen, verscheuerten trotz Todesstrafe, und manche verscheuerten ganze Autos samt Ladung, und dann ließen wir uns Eier braten von Bauern in kleinen Nestern, an einsamen Straßen, auf einsamen Höfen, bei kurzem Halt Eier, Eier in Öl am offenen Feuer, und dann wurde geradebrecht in Stuben, längst vergessen, und wir zahlten teuer und wir aßen gut, doch manchmal war ich in Napoli und hatte kein Geld für ein Eis, manchmal auch verschacherten wir Fässer, Fässer voll Wasser als Sprit, er schwamm oben, war leicht, es ging gut, wir machten Geld, und die armen Fallschirmjäger trieben ihre Ochsen über die Berge und verklopften sie, und in Magione sangen sie in der Schneiderwerkstatt für mich, in der Werkstatt meines Freundes, dessen Namen ich vergessen, die Mädchen sangen und der Schneider sang, sie saßen auf den Tischen und schneiderten und sangen ihre Lieder, ihre wunderschönen Lieder für mich, ach, es war Krieg, und wir fuhren weiter über die Straßen, ich denke an Ziehbrunnen irgendwo im Feld und die beschneiten Abruzzen, an die Toscana im April, die rosige Toscana, die Aprikosentäler, die blühenden, die sanfthinwogenden, und die Fasane in den Parks, die Frauenstimmen in den Nächten, ich war noch jung, die Welt voller Ekel, voller Abenteuer, Heimweh und Schönheit, und die Hoffnung war noch nicht tot, die Hoffnung war stärker als alles, der Glaube war noch nicht tot, der Glaube war stärker als alles, und ich wußte, daß die Welt ihre Tore auftun werde, man weiß es immer, wenn man zwanzig ist, doch die Tore taten sich nicht auf, sie schlossen sich, sind zu, ich reiße sie auch nicht mehr auf, ich bin gebrochen, ich bin kraftlos, geistlos, phantasielos, bin unfähig, völlig unfähig, ich könnte das Leben erobern, von hier aus, von dieser stillen Nacht aus, doch ich werde nicht die Nacht durchbrechen, die Nacht wird mich umschließen, einhüllen, müde machen, sie wird mich nicht entlassen.

Ich habe noch einmal aufs Feuer gelegt, ich weiß nicht warum, es war nicht nötig, ich bin müde, viel zu müde, aber ich habe noch einmal aufs Feuer gelegt, und nun sitze ich da in der Nacht, ich höre den Ofen, er summt wie eine Mücke, eine rote glühende Mücke in meinem Rücken, gibt es rote Mücken, ich weiß es nicht, gibt es rote Mücken, die summen, ich weiß es nicht, doch er summt und summt in meinem Rücken, und ich denke an eine rote glühende Mücke, ich denke, was bleibt mir noch, was tue ich noch, ich werde noch ein bißchen Geld verdienen, schäbig Geld verdienen, vielleicht schreibe ich ein paar Aufsätze und ein paar Bücher über Bücher anderer, ich zehre von den Büchern anderer, ich werde immer kleiner werden, immer gleichgültiger, es wird nichts mehr sein als eine kleine häßliche Resignation, ein eifersüchtiges ohnmächtiges Anstaunen von Werken, die andere geschaffen haben, ein fassungsloses, verzweifeltes Anstaunen und ein Zusammenschrumpfen, Verkriechen, ein Zugrundegehen, ich werde selbst noch Leute bewundern, die es zu einer Professur gebracht haben oder zum Titel eines Oberstudienrats, und ich werde über den Schnee laufen, müde über den Schnee, und ich weiß nicht, ob ich noch einmal den Tauber rufen höre so wie früher, einen Tauber, der den Sommer singt, den dunkel rollenden glühenden Sommer, und ob noch einmal der Wind in den Getreidehalmen sirrt, Sehnsucht sirrt, Reife sirrt, und ob noch einmal der Mohn kocht, die Feuer der Zukunft kocht, ich werde vielleicht auf einer Landstraße stehn im März, in den Nächten, wenn mich niemand sieht, und ich werde den Tauwind um mich fallen hören und den Frühling, den feuchten nassen wunderbaren Frühling schmecken, ich werde den Regen spüren wie Tränen im Gesicht, den lauen Regen im März, und Wind wird rumpeln und in den Fichten rauschen waschen wehen, Stunde um Stunde, und es wird Mächtiges geschehn in einer solchen Nacht, aber nicht von mir, ich werde gehn und werde in Pfützen treten, werde die Nacht spüren, die Nacht auf meinem Gesicht, und vielleicht greife ich in die Erde, wenn ich

Glück habe, greife ich noch in die Erde, aber ich werde es nicht schreiben, ich habe es andern überlassen, habe verzichtet, und der Frühling kommt in einer solchen Nacht im März, in einer Nacht mit Wind und viel Geschnaube und mit viel verrückten Dingen, und man denkt an Stare auf Drähten, denkt an Wolken am Vormittag und an das rote Krähen der Hähne, denkt an Wiesen, die sich färben, man denkt viel, während der Regen fällt und der Wind fällt und ein halber Mond durch die Wolken weht, rasch rasend durch die Wolken weht, und die Zeit vor sich hertreibt, die Zeit von sich forttreibt, man sieht zum Mond und kann es nicht begreifen.

Bitte beachten Sie
die folgenden Seiten

Deutschsprachige
Autoren der Gegenwart
im Ullstein Taschenbuch

Walter Matthias Diggelmann
Filippinis Garten
Roman
Ullstein Buch 26014

Walter Kappacher
Rosina
Erzählung
Ullstein Buch 26023

Wolfdietrich Schnurre
Das Los unserer Stadt
Eine Chronik
Ullstein Buch 26024

Christoph Geiser
Grünsee
Roman
Ullstein Buch 26026

Godehard Schramm
Nachts durch die Biscaya
16 Stücke für Landschaften
und Personen
Ullstein Buch 26027

Barbara König
Kies
Roman
Ullstein Buch 26029

Heinz Piontek
Träumen, Wachen, Widerstehen
Aufzeichnungen
aus diesen Jahren
Ullstein Buch 26030

Literatur heute

Die Frau als Sujet der
Literatur – eine neue Reihe im
Ullstein Taschenbuch
sichtet Literatur aus
weiblicher Perspektive

Gerhart Hauptmann

Die Insel der Großen Mutter oder Das Wunder von Île des Dames
Roman
Ullstein Buch 30101

Briefe der Ninon de Lenclos
Ullstein Buch 30102

Jens Peter Jacobsen

Frau Marie Grubbe
Roman
Ullstein Buch 30103

Vita Sackville-West

Erloschenes Feuer
Roman
Ullstein Buch 30104

Anne-Lise Grobéty

Fluchtbewegungen
Roman
Ullstein Buch 30105

Friedrich Schlegel

Lucinde
Roman
Ullstein Buch 30106

Die Frau in der Literatur

Aldo Palazzeschi

Die Schwestern Materassi
Roman
Ullstein Buch 30107

Merkwürdiges Leben einer sehr schönen und weit und breit gereisten Tirolerin
Ullstein Buch 30108

Maxim Gorki

Die Mutter
Roman
Ullstein Buch 30109

Cesare Pavese

Die einsamen Frauen
Roman
Ullstein Buch 30110

Else Ury

Nesthäkchen und ihre Küken
Erzählung für junge Mädchen
Ullstein Buch 30114

Die Frau in der Literatur

Karlheinz Deschner

Kitsch, Konvention und Kunst

Eine literarische Streitschrift

ein Ullstein Buch

Die Streitschrift *Kitsch, Konvention und Kunst* erregte bei ihrem ersten Erscheinen 1957 durch heftige Diskussionen in Presse und Rundfunk ungewöhnliches Aufsehen und erreichte eine Auflage von weit über hunderttausend Exemplaren. Sie kritisiert die einst enorm überschätzten Autoren Carossa, Bergengruen und Hesse als Repräsentanten zeitgenössischen Epigonentums und schlug seinerzeit eine Bresche für die fatal unterschätzten, ja dem breiteren Publikum weitgehend unbekannten Dichter Robert Musil, Hermann Broch und Hans Henny Jahnn. – Die vorliegende Fassung wurde vom Autor formal stark überarbeitet, erweitert und in der Beurteilung des Kitsches grundsätzlich berichtigt.

»Ich habe das Buch ohne abzusetzen durchgelesen und bewundere nicht nur den Mut, mit dem Sie falsche Götzen entlarven, sondern vor allem die Präzision und Fairneß, mit der Sie es tun.«
Hans Erich Nossack